Der erste Schnee

Erna Heller

Der erste Schnee

Loco

Umschlag und Satz:
Atelier an der Steig, Schaffhausen
Titelbild: Ernst Hulftegger (1886–1965)
Bild Rückseite: Hans Bührer (1907–1973)
Druck: Bookstation, Anzing
Loco Verlag, Schaffhausen/Diessenhofen
www.loco-verlag.ch
ISBN: 978 3 9524174 7 8

Lektorat: Alfred Richli, Anne Seiterle, Volker Mohr, Werner Häcki und Martin Harzenmoser
Korrektorat: Doris Scriven, Beatrice Hanhart
Herausgeber: Verein Schaffhauser Dichterpfad/Martin Harzenmoser

Herzlichen Dank an:
Kanton Schaffhausen
Stadt Schaffhausen
Jakob und Emma Windler-Stifung

KULTUR
RAUM.SH

Über die Autorin:

Erna Heller wurde am 28. Januar 1913 in Samedan geboren und kam bereits im Alter von vier Jahren nach Schaffhausen. Ihr Vater, Carl Heller-Candrian, war Fotograf und publizierte gelegentlich kleinere Texte zu lokalen Themen in den «Schaffhauser Nachrichten». Dadurch angeregt, begann auch Erna Heller zu schreiben. Zu Beginn der 1950er Jahre erschienen ihre beiden Gedichtbände «Das Saitenspiel» und «Tropfen im Meer» im Verlag Huber in Frauenfeld. Daneben entstanden erste Kurzgeschichten, die auf Anregungen des damaligen Kulturredaktors, Dr. Kurt Bächtold, in den «Schaffhauser Nachrichten» erschienen. Damals lebte Erna Heller bereits mit ihrem Mann, dem Grafiker und Buchillustrator Hans Gogo Goossens, in Karlsruhe. Für ihr dichterisches Werk, aber auch für Hörspiele und Kurzgeschichten, wurde sie 1957 und 1960 mit dem Karlsruher Kulturpreis ausgezeichnet. Ihre letzte Geschichte mit dem Titel «Noch ist Schaffhausen eine Reise wert», erschien 1970. Erna Heller starb im Dezember 1982 in Karlsruhe.

Der erste Schnee

27 Kurzgeschichten und Gedichte von Erna Heller

Ahnung (Gedicht)	11
Die Blutbuche im Belair-Garten	12
Karlsruhe im Herbst	14
Die Sache mit Fräulein Kügele	19
Allerseelen	25
Emma	30
Der erste Schnee	37
Endspurt im Warenhaus	44
Advent 1957 (Gedicht)	50
Ein Buch für Tante Lydia	51
Der Himmelsbote	56
Eine schöne Bescherung	65
Die Weihnachtssocken	70
Begegnung in der Goldmocca-Bar	77
Gespräch mit dem Faun	82
Der Birkenzweig (Gedicht)	93
Schnellkurs für Anfänger	94
Elegie einer Ordnungsliebenden	99
Die geborgten Schlittschuhe	104
Der Osterspaziergang	111
Die Sauce à la Pompadour	116
Fahrradfahren	123
Noch ist Schaffhausen eine Reise wert	128

Bei Tagesanbruch 135
Der Badegewaltige 138
Wilder Wein 145
Liebe (Gedicht) 151
Nachwort 153

Ahnung

Es war im Spätherbst, und es war zur Nacht:
So hatte es der Zufall ausgedacht.
Ihm zu gefallen, dem so manches gleicht,
Hatte auch ich – vielleicht –
mich aufgemacht,
Im Herbst, zur Nacht.
Und über meinem Weg
Da stand kein Stern
Nur hin und wieder, unerreichbar fern
Konnt' ich den Mond hinter den Wolken sehn
Da blieb ich plötzlich stehn
Und habe aufgelacht,
Im Herbst, zur Nacht.
Mein Lachen war nicht grimmig und nicht froh
Es war, wie wenn da irgendwo
Sich etwas kündet,
Das man nicht begreift.
Der Ahnung Flügel hatte mich gestreift,
Ganz leise nur und sacht
Im Herbst zur Nacht.

Die Blutbuche im Belair-Garten

Zu Hause fühlen kann man sich vielerorts. Daheim aber ist man nur dort, wo einem die Ärmel zu kurz und die Schuhe zu knapp wurden und wo, mit jeder nächstgrösseren Schuhnummer, auch der Gesichtswinkel sich änderte. Tatsache ist, dass ich Dich, mein gutes, altes Schaffhausen, mit mir herumtrage wie die Schnecke ihr Haus. Ich glaube genau zu wissen, wann im Kräutergärtchen zu «Allerheiligen» der Ysop blüht und meine dabei zu sein, wenn die Blutbuche im Belair-Garten auf der Breite ihre Farbe wechselt. Nicht umsonst habe ich während zwanzig und noch mehr Jahren im Vorübergehen bewundernd zu ihr aufgeschaut: Sie wurde mir zum Inbegriff einer starken und eigenwilligen Persönlichkeit; monumentales Exemplar eines Originals, das allen Strömungen zu trotzen scheint. Während im Frühling die prallen Knospen ihrer Artgenossen, der Bäume und Sträucher rundum, vor Ungeduld platzen, verharrt sie noch lange in unbekümmerter Nacktheit, umwoben nur von der Harmonie ihres gewaltigen Astwerks. Als mache es ihr Spass, die Welt in Erstaunen zu versetzen, beginnt sie dann eines Tages sich in einen Schleier rubinroten Laubes zu hüllen. Das «modische» Maigrün, das sie umgibt, ist ihr als kontrastreicher Hintergrund gerade gut genug. Noch erlebe ich jede Phase ihrer geheimnisvollen Verwandlung mit; sehe wie ihre «Robe» dichter und fliessender wird und wie das Rot, gleich den Farben eines alten Meisterbildes, allmählich nachdunkelt – bis zur rauschhaften Schwere eines alten, gehaltvollen Weines. Erst im Herbst, wenn es unter Bäumen Brauch und Sitte wird, sich bunt zu kleiden, schickt sie sich an, ihre flammenden Laubmassen in ein sanftes Olivgrün umzufärben.

Kaum fünf Uhr. Schon kommen die Schatten der Dämmerung wie träge schwarze Katzen aus allen Winkeln meines Stübchens gekrochen. Ich möchte wetten, dass jetzt die Dohlen auf dem Obertorturm ihre abendliche Versammlung abhalten.

Karlsruhe im Herbst

Durch Karlsruhe fegt der Herbst. Die Linden unter unserem Balkönchen an der Kriegsstrasse recken mir ihre ausgeplünderten Äste entgegen. Die Kioskfrau an der Ecke hat ihre Pulswärmer aus der Mottenkiste geholt, und der Verkehrspolizist hat mit dem makellosen Weiss seiner Sommeruniform zwar nicht an Autorität, wohl aber an Eleganz eingebüsst. Der Strassenlärm, der bei Tagesanbruch unsere vier Wände in erdbebenhafte Schwingungen versetzt, rüttelt mich eine Stunde später aus dem Schlaf als zuvor, und in den Geschäftsvierteln wird die zunehmende Sonnenarmut durch erhöhten Konsum an Elektrizität kompensiert: Man watet schon am Spätnachmittag durch grüne, gelbe, rote und violette Sümpfe der im nebelfeuchten Asphalt sich spiegelnden Lichtreklamen, und der Kosmos käuflichen Glücks, der sich hinter erleuchteten Scheiben präsentiert, beginnt den Menschen mehr und mehr mit seinen Verlockungen einzukreisen. Das geschäftige Treiben Karlsruhes unterscheidet sich heute wohl kaum noch von demjenigen irgendeiner anderen Grossstadt: Es schluckt den Menschen mit Stumpf und Stiel und gibt sich alle Mühe, aus dem Individuum einen Massenartikel zu machen, was ihm scheinbar auch gelingt. Bei genauerem Zusehen stellt sich jedoch heraus, dass das, was man als «graue Masse» zu bezeichnen pflegt, so bunt und vielfältig ist wie der Kies, der an den Rheinufern angeschwemmt wird: Der Sammelbegriff «grau» löst sich auf in ein Spektrum schillernder Nuancen, sobald das prüfende Auge eine gewisse Distanz überschreitet. Hierzu bietet sich freilich bei Menschen weniger Gelegenheit als bei Kieselsteinen, da die Annäherung durch den «Stacheldraht der Konvention» erschwert wird.

Am Menschlichsten scheint mir eine Grossstadt dort zu werden, wo ihre Strassen an Modernität und Ansehen verlieren; in jenen Vierteln also, wo die Hochglanzpolitur städtischen Luxus' vom Landregen nackter Notwendigkeiten weggeschwemmt wird und das Leben sich in seiner ganzen Schäbigkeit präsentiert. Diese Schäbigkeit hat dem erkünstelten Nimbus snobistischer Eleganz gegenüber vieles für sich. Vor allem hat sie den Vorzug, echt zu sein. Sie setzt dem Kompromissgespinst moderner Kulturansprüche eine Realistik entgegen, der sich kein unvoreingenommener Beobachter entziehen kann. Ein solches Viertel ist die Karlsruher Altstadt. Ihre windschiefen Häuser und übelriechenden Hinterhöfe sind vom Bombenhagel fast durchwegs verschont geblieben. Auch sonst scheint der Krieg in diesen Bezirken wenig geändert zu haben. Armut ist zur Tradition geworden. In ihrer trotzigen Isoliertheit steckt, bei aller Verkommenheit, etwas Bejahendes. Die Solidarität der «Eingeborenen» ist evident und ohne jegliches Pathos. Bei milder Witterung wohnen sie gewissermassen vor ihren Häusern: Gruppen strickender Frauen auf wackeligen Schemeln, disputierende Männer, wortkarge Greise und spielende Kinder bevölkern die schmalen Trottoirs. Wimmernde Leierkästen, baumelnde Wäschestücke, der Andrang vor den Pferdemetzgereien und schlüsselklimpernde Freudenmädchen vervollständigen die Illusion, man befinde sich in einer Hafengasse des Südens. Dass die Karlsruher Altstadt um nichts harmloser ist, beweisen die Affichen der Militärpolizei, die sämtlichen Alliierten das Betreten dieses Viertels verbietet.

Am Rande dieses «Ghettos» aber, dort, wo das abwegige Adernetz seiner vielverschlungenen Gässchen in die Blutbahn offiziellen Verkehrs einmündet, bietet sich ein Idyll, dessen derbe Humoristik nur ein Eingeweihter auszuschöpfen vermag: Auf einer Bank unter struppigen Linden kauern, dicht aneinandergedrängt wie Spatzen auf einer Teppichstange, fünf verwitterte

Männer und rauchen sich gegenseitig etwas vor, während der Dampf ihrer Pfeifen sich über den speckigen Mützen zu kompakten Nebelschwaden verbindet. Das sind die «Walfischbrüder». Ihr legitimes Domizil ist irgendein Altersasyl, doch scheinen sie den Freiluftaufenthalt unter den Linden jedem Obdach vorzuziehen. Sommer und Winter kann man sie dort sitzen sehen, und trifft man die Bank einmal leer, so braucht man nicht weit zu suchen: Vis-à-vis, im «Walfisch», gibt's einen soliden Doppelkorn, ein wahres Wundermittel gegen Altersbresten jeglicher Art! Der Erfolg solcher «Therapie» hängt natürlich von der Regelmässigkeit ihrer Anwendung ab. Niemand weiss das besser als der Wirt, namens «Walfisch-Otto», ein Mann vom Format eines doppeltürigen Kleiderschranks. Daher lässt er auch mit sich reden, so lange wenigstens, als das Schuldenregister seiner «Patienten» deren monatliche Altersrente nicht übersteigt. Für jeden genossenen Doppelkorn gibt's einen blauen Strich in «Walfisch-Ottos» speckigem Wachstuchheft, und ist das Budget einmal erschöpft, kann nichts auf der Welt ihn dazu bewegen, die «Behandlung» fortzusetzen. Tatsächlich kann man beobachten, wie um den 20. herum die «Walfischbrüder» auf ihrem Bänkchen infolge schwindender Kraftreserven immer seltener ausspucken, während an jedem Monatsanfang ihre Vitalität einen merklichen Aufschwung nimmt.

Auch jetzt noch verharren sie tagaus tagein auf ihrem Posten. Nur wenn der Nordwest ihnen gar zu unsanft in die alten Knochen fährt, verschwinden sie. Dann steht die Bank unter den Linden verwaist und die ganze Umgebung bekommt ein fremdes Gesicht.

Die Sache mit Fräulein Kügele

Zwei Gewissheiten beflügelten meinen Schritt als ich unlängst von einem Gang in die Stadt zurückkehrte: Erstens, eine gute Tat vollbracht und zweitens mir dabei einen Schnupfen geholt zu haben. Die kühle Vernunft war natürlich sofort bereit, aus dieser fatalen Kombination gewisse, für mein Seelenheil verderbliche Konsequenzen zu ziehen. Doch ich liess es erst gar nicht so weit kommen. «Jede gute Tat trägt ihren Lohn in sich selbst», sagte ich mir, nahm ein Aspirin und legte mich 10 Minuten aufs Ohr.

Besagtes Ereignis hatte sich am Mittwoch zugetragen. Und bereits am Donnerstag verspürte ich ein unheilverkündendes Kratzen in der Kehle. Ich liess mich dennoch nicht unterkriegen, nahm zwei Aspirin und legte mich 20 Minuten aufs Ohr.

Doch am Samstag musste ich mich schliesslich doch ergeben und so beschloss ich, meinen Schnupfen, nachdem er nun einmal da war, mit Würde zu tragen.

Das war gar nicht so einfach. Nichts ist geeigneter, unsere vermeintlich gefestigte Position in der Welt zu unterhöhlen, als ein gemeiner Schnupfen. Ein Mensch, in dem das Bedürfnis zu niesen überhandnimmt, verzichtet automatisch auf jede Selbstkontrolle. Er überlässt sich hemmungslos den Schauern, die irrationale Mächte in seinem Inneren auslösen, und seine Physiognomie, mag sie sonst noch so sehr vom Blitzstrahl höherer Einsicht durchdrungen sein, ist von der eines Schwachsinnigen meist nur noch schwer zu unterscheiden. Triefnasig, mit durchnässten Taschentüchern ausgepolstert, schleppte ich mich durch den Tag und tat, was zu tun war. Nicht ohne Bitterkeit empfand ich, wie mein Mann, und mit ihm die gesamte Menschheit, mich zu meiden begann; ausgenommen meine Schwiegermutter, die hartnäckig behauptete, gegen Schnupfenbakterien immun zu sein.

Die zunehmende Vereinsamung brachte mich auf die Idee, bei einem steifen Grog Trost und Wärme zu suchen. «Jamaica-Rum (Verschnitt)» stand auf der Etikette. Ich leerte eine grosszügige Menge in ein Glas und füllte den Rest mit kochendem Wasser auf. Die ersten Schlucke enttäuschten mich, aber nach dem vierten fühlte ich mich schon besser. Herz und Hirn begannen aufzutauen. Abgesehen von der Nase kamen auch die Gedanken wieder in Fluss, und wer weiss, zu welchen profunden Erkenntnissen sie mich geführt hätten, wäre nicht von jenseits der Tür das Niesen meines Mannes zu hören gewesen; einmal, zweimal, fünfmal ... – «Da hast du uns ja was Nettes eingebrockt!», röchelte es durchs Schlüsselloch. «Sag mal, wo hast du dir diesen verflixten «Familienschnupfen» eigentlich geholt?» – Ich beschloss, mein Geheimnis zu wahren. Eine gute Tat oder das, was man dafür hält, hängt man nicht an die grosse Glocke. Man schweigt und freut sich, allen Widerwärtigkeiten zum Trotz.

Ich sah sie in diesem Augenblick wieder deutlich vor mir: ein zu kurz geratenes, molliges, auf ein schwarzes Stöckchen gestütztes Kleiderbündel. Ihr schrulliges Gesicht schaute aus ihren unzähligen Umhüllungen hervor wie ein schrumpeliger Apfel, den man in der Ofenröhre vergessen hatte. – «Langsam, langsam ...», hatte sie mir zugerufen. Ich war eben im Begriff, mich eiligen Schrittes vom Markt nach Hause zu begeben. – «Was i hab frage wolle: Kenne Sie vielleicht epper, der Zeit hätt, e bissle mit mir spaziere zu gehe? Wisse Se, dr Dokter sagt, i soll jede Dag e bissle naus und da wär' mir's halt arg recht, wenn i mi bei jemand eihänge kennt.» – Während sie ihren letzten Satz sprach, sah sie so hoffnungsvoll zu mir herauf, so dass ich unmöglich nein sagen konnte. Fast automatisch bot ich ihr den

Arm und wir begannen, sie auf Zehenspitzen, ich tief in den Knien, gemächlich um den Häuserblock herumzuwandern. Nach wenigen Schritten, die wir gewissermassen in Synkopen zurücklegten, blieb die alte Frau gedankenvoll stehen. – «Sage Se, Fräulein, habe Se bei dem Metzger da au scho Sauerkraut gholt?»

Die Sonne hatte sich hinter den Dächern verkrochen. Ein bissiger Wind pfiff um die Ecken. Ich hatte zuvor geschwitzt und nun klebte mir das feuchte Hemd wie ein Eiswickel am Leib. So beeilte ich mich, der guten Frau in möglichst knappen Worten zu erklären, dass weder mein Mann noch ich selbst für Sauerkraut eine besondere Vorliebe besassen. Aber da brannte ich bei Frau Kügele an. – «Ha, des kann doch net wahr sei! Koi Sauerkraut?! Das weiss doch jeder, wie arg gsund des isch! – Was seid Ihr aber au für merkwürdige junge Leit ...» – Ein leichter Anflug von Schwermut in ihren sonst so pfiffigen Äuglein liess keinen Zweifel darüber, dass sie sich ein Leben ohne Sauerkraut beim besten Willen nicht vorstellen konnte. – «Vielleicht wollen Sie sich welches mitnehmen?», fragte ich, nachdem alle Versuche, die ältere Dame wieder in Gang zu bringen, erfolglos blieben. – «Ha noi ... heit net. Wisse Se, d'Schweschter im Altershoim sieht des net gern. Und wenn ich's doch mach', muss ich's arg hoimlich mache, weil ich's nämlich mit'm Durchfall zu dun heb, wisse Se ...»

Wir gingen ein paar Schritte weiter. Allmählich hatte ich mich an den tiefen Kniegang gewöhnt und auch mein linker Hüftknochen schien sich mit der seltsamen Verrenkung abgefunden zu haben. Wenn ich dennoch die Zähne zusammenbiss, so geschah dies nur deshalb, um zu verhindern, dass sie vor lauter Frösteln hörbar aufeinanderschlugen. – «Verheiratet sind Se?», fragte die ältere Frau nach. – «Und habe koi Kinner …? – Ha no, sage Se, was mache Se denn da dr liebe lange Dag? – Verdient Ihr Mann gut? – Habe Se e Bibel z'Haus …?» – Jede neue Frage bedeutete einen neuen Halt. Ich schlotterte wie dereinst im Examen und vermochte mich auch an den wutentbrannten Blicken der sich an uns vorbeidrängenden Passanten nicht zu erwärmen. – «Und damit Sie wisse, mit wem Sie's zu dun habe: Ich bin s'Fräulein Kiegele vom Zimmer fünf. Und s'nägschte Mal –», meinte Fräulein Kügele fröhlich in die Zukunft blickend, als wir endlich vor dem Altersheim aufkreuzten, «s'nägschte Mal geh'mer dann was frieher fort, dass mr dann au no wo na komme! Wisse Se, des dut Ihne jo au gut!»

Versprochen ist versprochen. Der Grog tat seine Wirkung. Mein Schnupfen verpuppte sich in eine gemütliche Bronchitis. Und so machte ich ein paar Tage später, winterlich eingemummt, Fräulein Kügele im Altersheim Karlsruhe-West, Zimmer Nummer 5, meine Aufwartung. – «Des freit mich aber, dass Sie

Wort ghalte habe», begrüsste sie mich. Aber gell, Sie sind mr net bees, wenn i heit net mit Ihne spaziere geh, wisse Se: Unsere Schweschter hat nämlich geschtern Urlaub ghabt, und da heb i mir halt wiedermal Sauerkraut gholt, und da isch des mit meine Därm wieder emol …» – Es klopfte. Herein traten zwei Besucherinnen. Und nach fünf Minuten kam wieder eine und wieder eine … Und mit allen war Fräulein Kügele per Du. – «Das sind wohl Ihre Verwandten aus dem Schwarzwald?» Ich erinnerte mich, dass sie mir von etlichen Nichten erzählt hatte, die in der Nähe von Hinterzarten lebten. – «Die? – Ah wo! Die dort hab ich alle underwegs in der Stadt kenneglernt, grad so wie wir zwei uns troffe habe …»

Es fiel mir nicht allzu schwer, meinen Stuhl einer meiner Mitbewerberinnen zu überlassen. Nachdenklich, wenn auch sehr erleichtert, machte ich mich auf den Heimweg. Im Vorbeigehen erstand ich in einem Geschäft eine Flasche «Jamaica-Rum (Verschnitt)» für meinen Mann. Der Ärmste hatte in der vergangenen Nacht kein Auge zugemacht. An der Ladentür prallte ich mit meiner Schwiegermutter zusammen. – «Nanu? Was machst denn Du hier?», fragte ich verwundert. – «… T… Tempo-Taschentücher», nuschelte sie hastig. Die Sache mit Frau Kügele hatte offenbar auch bei ihr Spuren hinterlassen.

Allerseelen

Der Biber, von dem ich hier erzählen möchte, ist im Waldfriedhof Schaffhausen beheimatet. So lange ich zurückdenken kann, steht er dort, von alten Gräbern und Bäumen umringt, inmitten eines niederen Wasserbeckens. Sein Fell ist aus smaragdgrünem Moos, und um ihn zu streicheln, muss man zwar auf den Rand des Beckens steigen, aber es lohnt sich: Er fühlt sich wunderbar weich an, dieser «Biberpelz», ob er nun warm und rau ist von der Sonne oder vollgesogen mit der Feuchtigkeit tropfender Äste. – Ich nannte ihn «Ferdinand». Der Name schien mir passend für ihn. «Ferdinand!», flüsterte ich ihm zuweilen ins Ohr, während meine Hand liebkosend über seine Schnauze strich, «ich habe dir etwas Vertrauliches zu sagen!» Und dann erzählte ich ihm, was ich gerade auf dem Herzen hatte. Ich brauchte das nicht mit Worten zu tun; der Umgang mit den Toten ringsum hatte ihn für alle Schwingungen der Seele hellhörig gemacht.

Es war kurz vor Allerseelen; ein nebliger Tag. Braune, gelbe und rote Blätter lösten sich von den Bäumen. Ohne den leisesten Anstoss vom Wind, segelten sie gleich müden Faltern durch die feuchte Luft und legten sich hin, ganz lautlos, mitten auf den Weg oder auf ein Grab. Mir war düster und schwer zumute, als trüge ich eine jener steinernen Urnen in mir, gefüllt von der Asche vergangener Tage und Jahre. Gleich kleinen Nachen schwammen dürre Blätter auf dem glanzlosen Wasser; andere waren im «Fell» des Bibers hängengeblieben. – «Wie gut er's doch hat», dachte ich, «wacht jahraus jahrein über den Wohnungen der Toten, hört das geruhsame Plätschern des Brunnens, sieht die Sterne wandern und spürt weder Schlaf, Kälte, noch Hunger. Er muss sehr weise geworden sein in all der Zeit ...» Und während ich so nachdachte, keimte eine Frage in mir auf; eine Frage, von der ich wusste, dass ich sie niemals würde beantworten können.

«Ferdinand», wandte ich mich hilfesuchend an meinen Freund, «kannst du mir vielleicht sagen, was das ist, der Tod? Von uns Lebenden scheint es niemand zu wissen, obwohl viel darüber geredet und geschrieben wird.» – Da war mir, als drehte der Biber langsam seinen Kopf zu mir um: «Der Tod? Was soll das sein? Ich kenne keinen Tod. – Falls du das meinst ...», fügte er nach einer Pause hinzu, und seine Pfote schien auf die Gräber zu deuten. «Die, die dort liegen, haben ihr altes Gewand abgelegt. Was bleibt, ist ihre Seele. Das ist alles.» – «Ja, schon», meinte ich kleinlaut. «Ich erinnere mich, etwas Ähnliches schon einmal gehört zu haben. Aber, siehst du, die Schwierigkeit besteht darin, dass sich unsereiner eine Seele ohne Gewand nicht so recht vorstellen kann. Nehmen wir an …» – «Ich weiss», unterbrach mich Ferdinand mit ungewohnter Lebhaftigkeit, «euer Vorstellungsvermögen pflegt dort aufzuhören, wo die Welt des Mess- und Erfassbaren zu Ende ist. Das kommt daher, weil ihr mit eurem Verstand Dinge begreifen wollt, die im Grunde nur euer Herz verstehen kann. Doch ihr habt die Fühler eures Herzens verkümmern lassen; der tausendfältige Lärm eures Kulturapparates hat die Membrane eures «inneren Gehörs» gelähmt. Je geräuschvoller das Leben, so denkt ihr, desto inhaltsreicher. Angenommen, ihr würdet eines Tages zugeben, euch darin geirrt zu haben: Es wäre umsonst. Eure Riesenmaschinerie ist nun einmal im Gang. Ihr könnt sie nicht einfach abstellen. Sie ist euch über den Kopf gewachsen und stampft weiter, ob ihr es wollt oder nicht.» – Ratlos und beinahe erschüttert hatte ich zugehört. Aber dann erblickte ich in seinen Worten noch eine letzte Möglichkeit, an die ich mich klammern konnte: «Und dann?», drängte ich, in der Hoffnung, der Biber würde mir das letzte, wichtigste Geheimnis verraten.

«Sag, was wird dann geschehen?» – Er schien lange nachzudenken, und als er endlich antwortete, klang es wie aus einer unvorstellbaren Ferne: «Dann … – ja, dann ist vielleicht die Zeit gekommen, da Ihr lernen werdet, eurem Herzen mehr zu trauen als eurem Verstand, eine Zeit, da Ihr endgültig begriffen haben werdet, dass auch mit den raffiniertesten Methoden der Chemie und Physik dem eigentlichen Wesen der Dinge nicht beizukommen ist. Nachdem Ihr einmal erfahren habt, dass selbst eine Reise zum Mond an eurem Glück oder Unglück nichts zu ändern vermag, werdet Ihr vielleicht, auf dem Umweg über das Weltall, Eure Seelen entdecken, und Ihr werdet staunen wie die Kinder. Und keiner von Euch wird inskünftig fragen: «Was ist das: der Tod?» Ihr werdet leben, zum ersten Mal: wirklich leben, denn – im Bereich der Seele gibt es keinen Tod.»

Daraufhin schwieg der Biber, und ich spürte, dass sein Schweigen von Dauer sein würde. Ein gurgelndes Geräusch liess mich aufschauen. Eine alte Frau, über das Becken gebeugt, spülte eine Grabvase. Ich sah nur ihre gelben, faltigen Hände und das Spiegelbild ihres Gesichtes, das in vagen Umrissen zerfloss. Der Biber stand, die Schnauze hoch in die Luft gereckt, auf seinem Sockel, stumm, ohne ein Anzeichen der Teilnahme, ganz in seine eigene Welt entrückt. Nachdenklich pflückte ich die dürren Blätter von seinem

Rücken. Sein Moosfell, getränkt vom Nebel, fühlte sich an wie ein Schwamm.

In Gedanken versunken ging ich zum Grab meiner Mutter. Während ich es mit Tannenreis schmückte, fiel ein Blatt von einer Birke und legte sich sacht auf meinen Scheitel. Mir war, als sei es Mutters Hand; eine Hand, von der alles Schwere dieser Welt abgefallen war. Und ich dachte an die letzten Worte, die ich in meinem vermeintlichen Gespräch mit dem Biber vernommen hatte: «Im Bereich der Seele gibt es keinen Tod …»

Emma

Emma war Mutters Stütze: Haushälterin, Vertraute und Kindermädchen. Sie war gross und stattlich und besass einen riesenhaften Kopf. Er erinnerte mich an eine grossmächtige Rübe, die stets vornüber zu kippen drohte und die dicken, zum Kranz geschlungen Zöpfe, schienen ihm vollends das Übergewicht zu geben. Emmas grosser Mund stand immer etwas offen und es sah aus, als wäre er an seinen Enden ausgerissen wie ein Knopfloch.

Wenn wir einem Hund begegneten, Emma und ich, tastete ich durch den Rock nach ihren Knien und hielt mich daran fest, bis er vorüber war. Zugeben: Nur selten nahm ein Hund Notiz von mir, und ich war hinterher immer ein wenig enttäuscht. Emmas Knie fühlten sich jedoch stets warm und zuverlässig an und in den Falten ihres erdbraunen Rocks, der nach Fett und Zwiebeln roch, wusste man sich für alle Fälle geborgen.

Bemerkenswert waren Emmas Füsse: Sie steckten in tiefschwarzen, sehr langen Halbschuhen und ich wurde nicht müde, sie zu betrachten. Dabei wurde mir klar, warum Emma, im Gegensatz zu mir, nie hinfiel.

Von den Knien an aufwärts kannte ich Emma weit weniger gut. Zwar kam es mitunter vor, dass sie sich zu mir niederbeugte, beispielsweise dann, wenn sie meine Nase putzen musste oder sonst etwas an mir in Unordnung geraten war. Dann wogte es in ihrem Halsausschnitt und ich glaubte, sie hielte ein Tier dort versteckt, das drauf und dran war, sich ins Freie zu drängen – was mich ein wenig beunruhigte. Und doch gab es etwas, das mich noch weit mehr beschäftigte und mir alles andere an Emma unwichtig erscheinen liess: Gerade an der Stelle nämlich, wo Emmas Haut in Stoff überging, baumelte an einer Kette ein goldenes Kreuz mit einer Perle in der Mitte. Dieses Kreuz machte Emma für mich ausserordentlich kostbar und geheimnisvoll. Mutters Sonntagsbrosche war zwar auch schön und glänzte beinahe noch mehr, aber es war nicht so, dass man irgendetwas nicht gesagt oder getan hätte, wenn man sie ansah.

Emma sei katholisch, wurde mir erklärt. Das Wort gefiel mir, ohne dass ich imstande gewesen wäre, eine bestimmte Vorstellung damit zu verbinden. Ich ahnte nur dunkel, dass es irgendwie mit dem lieben Gott zusammenhängen musste und vermutete, dass er Emma besonders gut mochte, weil er sie katholisch gemacht hatte. Auch die Tatsache, dass Emma ganz oben unter dem Dach schlief, schien mir bedeutungsvoll: Vielleicht wollte er, der liebe Gott, sie in seiner Nähe haben?

Emmas Kammer war wie ein Häuschen ohne Tür; man konnte einzig von der Dachterrasse aus durchs Fenster zu ihr gelangen. Das war mir zwar verboten, aber manchmal tat ich es doch. Über ihrem Bett an der Wand stand auf einem Brettchen die Statue einer sonderbaren Frau. Sie hatte einen grossen, goldenen Kranz auf dem Kopf und einen hellblauen Mantel um die Schultern geschlungen. Gleich davor befand sich ein winziges Schüsselchen mit Wasser. Die Frau sah immer sehr traurig aus und das Wasser in dem kleinen Gefäss kam, wie ich glaubte, daher, dass sie weinte, wenn es niemand sah. Ich vermied es jedoch, mit Emma oder sonst jemandem über diese Dinge zu reden, denn es schien mir, als wären sie nicht mehr wahr, sobald man sie aussprach.

An einem Sonntagmorgen, meine Eltern waren verreist, nahm mich Emma mit zur Kirche. Die Sonne schien, die Bäume im Fäsenstaub-Park trugen viele, hellgelbe Knospen und die Vögel sangen herrlich in den Zweigen. Emmas Füsse aber steckten in neuen, braunen Halbschuhen, die bei jedem Schritt merkwürdige Töne von sich gaben, so, als freuten sie sich auf den Kirchgang. Ausserdem trug sie einen neuen Rock, schwarz mit grauen Streifen. Beide Dinge gefielen mir an sich gut, aber sie machten mich auch unsicher, denn Emma war dann nicht so sehr «Emma» wie sonst.

Vor der Kirche war ein grosses Beet mit leuchtenden Stiefmütterchen und wir stiegen über viele helle Stufen, auf denen der Schatten der Bäume lag. Dann gelangten wir zu einer schweren Tür mit einem Vorhang aus dunkelrotem Samt; der strich einem weich übers Gesicht, so dass man die Augen schliessen musste. Wie gebannt tastete ich mich durch eine Wolke von fremdartigen Düften. Stimmen, ernst und klagend, umspülten mich wie Wellen und alles war hoch und dunkel wie in einem tiefen Wald. Durch einen hauchdünnen Nebel sah ich Emma neben mir in die Knie sinken und mit dem Finger mehrmals hastig auf sich selber deutend. Das verwirrte mich und ich fühlte mich hilflos und verlassen. Dann aber hörte ich von weither ein Glöckchen, das klang silberhell, schöner noch als das vom Christkind am Weihnachtsabend. Ich sah eines der hohen, farbigen Fenster aufleuchten, hörte ein vielfältiges Rascheln von Kleidern, Schlurfen von Füssen, Knarren von Bänken – dann waren mit einem Mal alle Leute ganz klein geworden, fast so klein wie ich selber, und zwischen den vielen gebeugten Schultern sah ich aus der samtenen Tiefe einen Turm von glänzenden Lichtern aufsteigen. Aus goldenen Gefässen ringelten sich blaue Rauchfäden, die zu feinen Schleiern zusammenflossen. Ich wagte kaum zu atmen, und doch schien mir dieser Duft, der von dort zu mir herüberwehte, schöner und bedeutungsvoller als alles, was ich zu sehen und zu hören bekam.

Die Augen schmerzten, als ich mit Emma wieder hinaus ins Freie trat, und sogleich fegte ein einziger Windstoss all das Süsse, Schwere und Rätselhafte mit sich fort. Ein leiser Kummer überkam mich und ich bat Emma, mich doch nächsten Sonntag wieder mitzunehmen.

Von da an war alles wie verwandelt. Im Traum schien der Boden unter meinen Füssen wie eine federnde Wolke und das Blau des Himmels war tiefer als sonst. Über viele weisse Stufen stieg ich zu einem goldenen Turm und fühlte, wie auf meinem Rücken Flügel wuchsen. Am anderen Morgen erzählte ich der Mutter, ich sei bei den Engeln gewesen.

Tagsüber jedoch, so oft ich unbemerkt entwischen konnte, kletterte ich über die steile Stiege auf die Dachterrasse. Dort kniete ich zwischen alten Giebeln und Schornsteinen nieder, tauchte den Finger in eine Kaffeetasse mit Wasser, die ich in der Küche heimlich entwendet hatte, benetzte ausgiebig Gesicht und Brust und verharrte so lange Zeit, mit gefalteten Händen, denn ich wollte werden wie die Männer und

Frauen mit dem goldenen Schein um den Kopf, die ich in der Kirche gesehen hatte.

Später, als ich gross genug war, dass man mich zum Einkaufen schicken konnte, entdeckte ich in der Münstergasse, wo ich meine Besorgungen machte, einen geheimnisvollen kleinen Laden. Dort gab es wunderschöne Engel, Christusse und Madonnen mit prächtigen, faltenreichen Gewändern und glitzernden Heiligenscheinen. Ich entschied mich für die Maria auf der silbernen Sichel, schlüpfte geschwind durch den Türspalt in den Laden und brachte stotternd meinen Wunsch vor. Ich legte die paar Batzen Kleingeld, die von meinen Besorgungen übriggeblieben waren, vorsichtig auf den Ladentisch und schielte erwartungsvoll nach der Rückwand des Schaufensters. Frau Klausner, die Inhaberin des Ladens, strich mit der Hand sanft über mein Haar und legte mir nahe, mich doch darauf zu beschränken, einige von den farbigen Bildchen auszusuchen, die in einer grossen Schachtel auf dem Ladentisch lagen. Die seien nämlich auch sehr schön. «Schau doch, der Engel da zum Beispiel, mit dem Kranz aus Vergissmeinnicht im Haar!», ermunterte sie mich. «Und später, wenn Du dann gross bist und etwas mehr Geld hast, kannst Du immer noch wegen der Maria im Schaufenster vorbeikommen.» – Frau Klausner sprach mit unnatürlich hoher Stimme und ich sah sie ziemlich verdutzt an. Es half nichts. Am

Ende musste ich einsehen, dass es vorläufig das beste war, mich mit den Bildern in der Schachtel zu trösten. Im Bewusstsein, dass meine Hände nicht ganz sauber waren, berührte ich alles nur mit den Fingerspitzen. Ich traf meine Auswahl gründlich und gewissenhaft. Vermutlich wäre ich noch lange dort gestanden, hätte Frau Klausner mir nicht schliesslich mein Brot unter den Arm geklemmt und mich mit einem sanften Klaps nach Hause geschickt. Seither trug ich jeden Fünfer und Zehner, der mir in die Hände fiel, in den kleinen Laden an der Münstergasse. Was ich dort im Laufe der Zeit an Engeln und Heiligen erworben hatte, blieb mein Geheimnis. Einzig Emma zeigte ich hin und wieder eine meiner Kostbarkeiten.

Einige Jahre später kehrte Emma in ihr Heimatdorf zurück. Sie hatte dort «einen Mann genommen». Zum Abschied schenkte sie mir die «traurige Frau», die über ihrem Bett gestanden war und meinte: «Die soll dich behüte, wenn‘s im Läbe mol e wengele strub her und zu goht.» – Schon so manches Mal wäre ich um diesen Beistand froh gewesen. Doch irgendwie kam mir die Heiligenfigur im Laufe der Zeit abhanden.

Der erste Schnee

Aus der Physik wissen wir, dass Schnee gefrorener Wasserdampf ist, der sich an winzigen Staubteilchen niederschlägt und kristallisiert. Wir wissen ferner, dass der so entstandene Schneekristall, unter dem Mikroskop betrachtet, ein Gebilde von unbeschreiblicher Schönheit darstellt; und als das grösste aller Wunder erscheint uns die Tatsache, dass unter ungezählten Milliarden solcher Gebilde nicht zwei sich vollkommen gleichen, obwohl sie alle, ohne Ausnahme, auf dem Sechseck als Grundform «aufgebaut» sind. Eine solche Synthese von strengster Gesetzmässigkeit einerseits und unbegrenzter Variationsmöglichkeit anderseits, bleibt für uns schlicht ein Rätsel.

Aber ist es nicht dieses für den Laien mehr oder weniger abstrakte Wissen, das den Zauber des ersten Schnees ausmacht? Ein Kind, das von diesen Dingen noch keine Ahnung hat, patscht jubelnd die Händchen zusammen, sobald es die ersten Flocken tanzen sieht, und mancher von uns «Grossen» würde es ihm am liebsten nachmachen, wenn es mit seiner Erwachsenenwürde vereinbar wäre. Die Gepflogenheiten der Natur haben den Vorzug, nie zu veralten. Ungeachtet ihrer rhythmischen Wiederholung vermögen sie unsere Erlebnisbereitschaft stets von Neuem zu mobilisieren. Die ersten Leberblümchen, das erste Amsellied, die erste Herbstzeitlose, der erste Schnee: Natur ist immer aktuell; immer wieder lassen wir uns von ihr überraschen und überrumpeln.

«Es schneit!» – In den Stuben, Schulzimmern und Büros, in den Geschäften, Fabriksälen und Cafés: wo immer sich Menschen freiwillig oder gezwungenermassen zusammenfinden, geht es tuschelnd, raunend, frohlockend von einem zum andern: «Habt Ihr schon gesehen? Es schneit!» – Da ist kaum einer, der es sich verkneifen könnte, offen oder zumindest verstohlen in diesen weissen Freudentaumel hinauszublinzeln, und man kann dabei beobachten, wie selbst die ernstesten und respektheischendsten Mienen von einem Schimmer heiterer Zärtlichkeit erhellt werden, denn: In diesem anmutigsten aller Naturspiele ist etwas vom Märchenduft unserer Kindheit enthalten. Und wer es sich leisten kann, hinauszugehen, um eine Nase voll berauschender Winterluft einzufangen, um die kühle Zartheit dieser fallenden Sterne auf Gesicht und Händen zu spüren, dem wird zumute sein, als sei er selbst, er höchstpersönlich, damit gemeint. Ja, ihm scheint, als könnte er unter ihrer Liebkosung wieder gut und rein werden wie ein neugeborenes Kind. Was schadet's, dass diese Sternwunder vor unseren Augen zergehen und verlöschen, sobald sie die Erde berühren? Milliarden folgen nach und ziehen alles Sichtbare mit hinein in ihren traumhaften Wirbel. Sie verwandeln die Nüchternheit von Geschäftsstrassen oder Fabrikgeländen in ein Bild der Anmut und schalkhaften Heiterkeit. Es findet unter unseren Augen so etwas wie eine Beseelung aller Materie statt. Die Dinge rundum haben nichts mehr gemein mit jener düsteren Zweckhaftigkeit, welche wir ihnen gewöhnlich beimessen; etwas Spielerisches, Schwebendes ist plötzlich in ihnen.

Dann, eines Nachts vielleicht, während uns die Bewusstlosigkeit des Schlafs in unseren Betten gefangen hält, vollzieht sich das Unerwartete: Der Schnee bleibt. Er haftet an Hängen und Dächern, an Bäumen und Wegen, an Zäunen und Drähten. Er belegt unsere harten, hallenden Strassen mit duftigem Flaum und es kann leicht geschehen, dass der eine oder andere seine «Tagwacht» verschläft, da es die gewohnten Geräusche, die ihn, durch das Gewebe des Schlummers hindurch, an seine Pflichten erinnern, gar nicht mehr gibt. Das Leben ist über Nacht leise geworden. Wir staunen mit ungläubigen Augen in eine feiertägliche

Welt, wohl wissend zwar, dass solche Frische, solche Reinheit der Betriebsamkeit unseres Alltags nicht lange standhält.

Bei Neuschnee noch unberührte Wege zu gehen, gehört wohl zum Schönsten und Geheimnisvollsten, was die Natur uns bieten kann: Jeder Schritt ein Wagnis und ein Bekenntnis zugleich! Ein Wagnis, weil es unserem ursprünglichen Gefühl widerstrebt, diese Reinheit schreitend zu betasten. Ein Bekenntnis, weil wir wissen, dass jeder Schritt, ja, dass die Art unseres Ganges als lesbare Spur zurückbleibt; dass jede Unentschlossenheit, jedes Zögern und «Sichumschauen» als unverkennbares Merkmal, als Zeugnis unserer persönlichen Eigenart, im Schnee plötzlich sichtbar wird. Eine ans Mystische grenzende Komik liegt in der Möglichkeit, auf dem Rückweg seiner eigenen Fussspur zu begegnen – falls man es nicht vorzieht, einer solch symbolischen Begegnung mit sich selbst auszuweichen.

Weiter draussen, fern aller menschlichen Behausung, in der Stille verschneiter Äcker und Wälder, entdeckt man die Spuren der Tiere! Selten nur kommt uns zu Gesicht, was dort im Einzelnen vor sich geht, da ein weiser Instinkt die stumme Kreatur vor menschlicher Nähe warnt. Jetzt aber verrät das blendende Medium Schnee, was da soeben noch huschte, hüpfte und kroch: Hier ein Reh! Und dort: ein Hase, ein Vogel, eine Maus! Und mitten in die Entdeckerfreude platzt der Vorwurf: «Sie sind hungrig! Warum bietest du ihnen nichts, du, Mensch, in deiner Gedankenlosigkeit? – Rosskastanien, Kohlblätter, eine Speckschwarte oder Hanfsamen? Schliesslich bringt der Schnee nicht allen Wesen eitel Freude …»

Du bedenkst es, während deine Augen in staunendem Entzücken an weissbemäntelten Jungtannen haften bleiben. Erinnert dich ihre groteske Vermummung nicht an die Tollpatschigkeit von Max und Moritz, da sie, in Teig gehüllt, dem Backtrog entstiegen? Wer sagt denn, Natur habe keinen Humor? Und schau nur, was sie im Gestrüpp verdorrter Pflanzen an feinster Filigranarbeit zustande bringt! Kein dürrer Halm ist ihr zu gering, um ihn und all seine Zöttelchen mit duftiger Kontur liebevoll nachzuzeichnen. Und streifst du an einen Ast, überschüttet er dich mit einer Wolke von Silberstaub, und du fühlst dich beschenkt wie das Aschenbrödel im Märchen.

Aber auch unser Städtchen siehst du ganz verzaubert – vorausgesetzt, dass du dort durch die Gassen spazierst, ehe das Kratzen, Schaben und Salzstreuen losgeht. Der stolze Krieger auf dem Landsknechtbrunnen hat zur Feier des Tages blütenweisse Puffärmel angelegt, was sein martialisches Aussehen sichtlich beeinträchtigt. Die Erker an der Wetterseite sind weiss poliert, und Industriepionier Heinrich Moser, dessen steinerne Büste jahrein jahraus den «Mosergarten» beaufsichtigt, sieht in seinem Hermelin-Cape mit dazu passender Baskenmütze ausgesprochen vornehm aus.

Schau dir nur alles gut an, frühmorgens, bevor du deine «tägliche Tretmühle» in Bewegung setzt. Wer weiss, wieviel von der ganzen Herrlichkeit mittags noch da ist. Aber vielleicht hast du Glück. Vielleicht schütten neue Wolken heimlich ihren Segen aus, während du hinter deiner Tür fleissig arbeitest – oder die Zeitung liest.

Und kannst du es dir einrichten, am späten Nachmittag irgendeine «dringende» Besorgung zu machen, so tu's! Du kennst doch jene besondere Stimmung, jene nicht in Worte zu fassende Intimität, die eintritt, wenn die schwankende Helligkeit verschneiter Wege und das schüchterne Licht der Strassenlampen sich in der Dämmerung begegnen: Es ist nicht mehr Tag, es ist noch nicht Nacht, es ist die Viertelstunde des Schwebens zwischen beiden, der Augenblick, da der Schimmer der Laternen sich mit den bläulichen Schatten des Schnees zu einer Vertraulichkeit, einer Innigkeit und Wärme verbindet.

Schliesslich wird es Nacht. Droben, auf den Höhen des Eschheimertals, über dem sanften Auf und Nieder verschneiter Äcker, um die Silhouetten der Föhren, geistert der Mond. Wenn du dich ein klein wenig bückst, hängt er zuweilen im nackten Geäst eines einsamen Baumes, einem besonders wohlgeratenen, goldenen Apfel vergleichbar, den ein Bauer zu ernten vergessen hat.

Endspurt im Warenhaus

Es ist ein Samstag im Dezember. Die Lager des grossen Warenhauses sind bis obenhin gefüllt, und in den grellbeleuchteten Verkaufsräumen ist ein Summen und Brummen wie in einem Bienenstock. Dichte Ansammlungen von Menschen drängen sich um die Verkaufsstände. Begehrliche, abwägende, misstrauische und unentschlossene Blicke betasten die aufgestapelten Waren. Gepflegte und zerschundene Hände befühlen prüfend die verschiedensten Dinge; wühlen in Wolken kunstseidener Wäsche, zupfen an bunten Tüchern und spielen mit den Regenbogenfarben kreisender Krawattensortimente. Sie klopfen mit knöchernem Finger an Töpfe und Vasen, deuten ungeduldig auf goldbefranste Lampenschirme, auf kokette Puppen, zottige Teddybären und aufziehbare Automobile, auf Lebkuchenherzen und Pralinenschachteln in glitzerndem Cellophan. Das Schlurfen von Füssen, Rascheln von Papieren, Klimpern von Münzen, Klirren von Geschirr, Aufbegehren von Stimmen und das Schrillen von Klingelzeichen vermengen und verbinden sich zum rhythmischen Stampfen einer gewaltigen Verkaufsmaschinerie, das nur noch vom Dröhnen des Lautsprechers übertönt wird: «Stille Nacht, heilige Nacht …»

Es riecht nach bedruckten Stoffen, Ölfarbe, frischgemahlenem Kaffee; nach Leder, dampfendem Schellfisch, Tabakrauch und durchnässten Kleidern. – «Macht zusammen 11.75. – Haben Sie's nicht kleiner?» – «Was? Sie wollen mir eine Fünfziger-Note gegeben haben? Hallo! Aufsicht! – Der Herr behauptet …» – Stiille Naacht, heilige Naacht … – «Paula, bitte, stell doch den Lautsprecher etwas leiser ein, man versteht ja sein eigenes Wort nicht mehr!»

Hinter einer lackierten Tür mit Aufschrift «Kein Eingang» schnarren die Rechenmaschinen, fliegen die Banknoten, rollen die Münzen. Man hat alle Hände voll zu tun, die Tageseinnahmen unter Dach und Fach zu bringen. In den beiden angrenzenden Büros ist es friedlich und still. Die ganze Belegschaft, vom Buchhalter bis zum Stift, ist in die Verkaufsräume abkommandiert worden, mit Ausnahme von Fräulein Wetterhahn, der Sekretärin, die einsam hinter ihrer Schreibmaschine thront.

«Wir bitten dringend um Auslieferung unserer Bestellungen vom …» tippen mechanisch ihre flinken

Finger. Das Brausen und Stampfen der Menge dringt wie ferne Meeresbrandung an ihr Ohr. Zuweilen hebt sie den Kopf und horcht auf die gefürchteten Schritte des Chefs, der nebenan in rastlosem Auf und Ab eine Erholungszigarette verschlingt, oder sie späht durch das Gittertüll des Fenstervorhangs verstohlen auf die Strasse: Menschen, mit Paketen beladen, hasten vorüber, drängen sich vor den Schaufenstern. Ein ausgemergelter Gaul zieht einen Karren mit Christbäumen. «Gnahadenbringende Weihnachtszeit ...» schallt es hinter ihr durch die jäh sich öffnende Tür. – «Sagen Sie, Fräulein, ist bei Ihnen ein Portemonnaie abgegeben worden?» – Eine wohlbeleibte Frau mit keuchendem Atem lässt ihre Augen suchend über die Pulte gleiten; auf ihrer Stirn perlt der Angstschweiss. Es ist schon die dritte Kundin, die heute ihren Geldbeutel vermisst, und Fräulein Wetterhahn bleibt nichts übrig, als bedauernd den Kopf zu schütteln. – «Oh ich Unglückliche! Den ganzen Zahltag meines Mannes! Alles verloren», stöhnt die Frau und bricht in Tränen aus. «Und ausgerechnet jetzt, vor Weihnachten ...» – «Beruhigen Sie sich, gute Frau», versucht die Sekretärin zu trösten, «bei einem solchen Betrieb kommt es öfter vor, dass Fundgegenstände verspätet ins Büro gelangen. Bitte, fragen Sie doch etwas später noch einmal nach.» – «Schlaf in himmlischer Ruhuh ...», tönt es von draussen, während die Unglückliche sich schniefend bedankt und sich entfernt.

Fräulein Wetterhahn bleibt für mitfühlende Betrachtungen nicht viel Zeit: Eine Kundin beschwert sich telefonisch über Fallmaschen in ihren Strümpfen. «Bedauerliches Vorkommnis. Wir werden indessen gerne prüfen, ob ein Ersatz gerechtfertigt ist …», erklärt die Sekretärin in sachlichem Ton. – Dann erscheint im Türrahmen die Statur des Chefs mit einem Männchen an seinem Arm: «Fräulein Wetterhahn, bitte sehen Sie einmal nach! Der Herr ist auf der Treppe ausgerutscht. Vermutlich ist es nur eine kleine Schürfung am Schienbein …» – Die Sekretärin sucht in der Hausapotheke nach Watte und Verbandzeug und wäscht die Wunde mit Lysol: «So eine Verletzung am Schienbein tut verflixt weh, ich weiss …», nickt sie mitfühlend. Die rotumränderten Augen des Alten sehen sie in stummer Dankbarkeit an. Er ist von seinem Sturz noch etwas benommen und fingert verlegen an seiner speckigen Mütze herum. – «Erholen Sie sich ruhig noch ein bisschen! Ich werde eine Tasse Kaffee für Sie kommen lassen.» – Während die Sekretärin das Haftpflichtformular ausfüllt, hört sie, wie er geräuschvoll seinen Kaffee schlürft.

Fräulein Wetterhahn öffnet das Fenster. Es schneit. Ob die Frau ihr Portemonnaie wiederbekommen wird? – «Fräulein Wetterhahn!», dröhnt die Stimme des Chefs, «bitte schreiben Sie: An Fräulein Elise Leisegang, Aushilfsverkäuferin. Geschätztes Fräulein Leisegang, zum wiederholten Male wurden Sie bei unkorrekten Manipulationen an Ihrer Kasse beobachtet, Punkt. Wir legen Ihnen nahe, Komma, Ihre Stelle bei uns unverzüglich zu kündigen, Strichpunkt, andernfalls, müssten wir Massnahmen ergreifen, Komma, die ...» – «Wie ist das nur möglich?», überlegt Fräulein Wetterhahn. Dieses schüchterne Ding mit den vergrämten Zügen. Meine Hand hätte ich für sie ins Feuer gelegt. Sollte ich mich da getäuscht haben? Dabei hat Fräulein Leisegang eine kranke Mutter und zwei kleine Geschwister zu Hause.

Während Fräulein Wetterhahn ihr Stenogramm mit der Kündigung heruntertippt, hört sie hinter ihrem Rücken ein Jammern, Stolpern und Schimpfen: Herr Muffel, der Leiter der Confiserie-Abteilung, treibt zwei widerspenstige kleine Bengel vor sich her, geradewegs zum Büro des Chefs. Die Tür bleibt halb offen. «Ich habe die Schokolade ganz bestimmt nicht gestohlen!», schluchzt der eine. «Der da, der Moritz, der hat sie genommen und mir zum Aufbewahren gegeben ...» (Gebrüll) – «Das ist nicht wahr! Erwin lügt wie gedruckt ... Er hat die Schokolade ...» (Gebrüll.) «Wenn ihr lügt, hol ich sofort die Polizei!», droht die Stimme des Chefs. – Jammergeheul – schliesslich Geständnis. – «Ihr Kinderlein kommet

…», singt draussen der Lautsprecher. – «Ich werde eure Eltern benachrichtigen!», sagt abschliessend der Chef. Erneutes Aufschluchzen. «Wo ich mich doch so gefreut hab‘ auf die Lokomotive, die mein Vater mir zu Weihnachten versprochen hat …» – Kurz darauf stolpern die beiden Missetäter heulend von dannen.

Mittlerweile ist es dämmrig geworden. Im Lichtkreis der Strassenlaternen sieht man Flocken fallen, zahlreich und gross. «Wie wenig man doch füreinander tun kann», denkt Fräulein Wetterhahn. Sie fühlt sich matt und niedergeschlagen. Aber wie sie die Vorhänge zuziehen will, sieht sie beim Kunsthändler vis-à-vis das Bild «Die Heilige Familie» in satten Farben aufleuchten und es scheint ihr, als ob sein warmer Glanz alle grossen und kleinen Kümmernisse zu überstrahlen vermag.

Advent 1957

Der Abendstern hat sich verkrochen
Und Schnee fällt durchs Laternenlicht.
Die neue Zeit ist angebrochen;
Du schaust ihr zweifelnd ins Gesicht.
Ein Blinder spielt auf einer Geige
Und spielt, und spielt – du hörst ihn nicht.
Und hinter Scheiben glitzern Zweige
Und Schmuck und Uhren – und man spricht:
Von Monden, die sich ungesehen
Und dunkel um die Erde drehn.
Und Flocken fallen, weiss und dicht.
Du schiebst dich weiter, wirst geschoben.
Du spürst: dein Sein hat kein Gewicht.
Und doch – wo Lärm am Lärm zerbricht,
Hat eine Stimme sich erhoben;
Kommt sie von innen oder oben?
Die Stimme sagt: Fürchtet Euch nicht!

Ein Buch für Tante Lydia

Sie ist nicht meine leibliche Tante. Meine Beziehungen zu ihr sind eher legendärer Natur, das heisst: Ich kenne sie nur vom Hörensagen – dafür umso gründlicher. Meine Kenntnisse verdanke ich ihrer Nichte Marie-Louise, die mich unlängst bat, bei Gelegenheit nach einem Buch für Tante Lydia Umschau zu halten. Sie wisse beim besten Willen nicht, was sie ihr sonst schenken könnte; Kaffeewärmer besitze jene schon deren drei, und an Blumenvasen mangle es ihr auch nicht. «Warum also nicht zur Abwechslung ein Buch?» – Ja, warum eigentlich nicht? Es gibt so viele Bücher auf der Welt; wäre doch gelacht, wenn sich nicht auch für Tante Lydia eines fände. «Egal, was es kostet. Aber bitte nicht den Glöckner von Notre-Dame», ermahnte mich Marie-Louise, «den hat sie nämlich schon!»

An Spielraum fehlte es mir also nicht, und da ich ohnehin zu jener Sorte Mensch gehöre, die nur in Ausnahmefällen nein sagen kann, beschloss ich, mich meiner «Mission» möglichst bald zu entledigen.

Das Weihnachtsgeschäft in Karlsruhe blühte. Der Buchladen links um die Ecke war fast ebenso voll von Menschen wie von Büchern. Vielleicht, so dachte ich mir, kann ich durch Zuhören erfahren, auf welche Weise der Kauf eines Buchgeschenks am besten gelingen kann. Und so begann ich zu lauschen. – «Bitte, womit kann ich dienen?» – «Ich möchte ein Buch für einen Jungen.» – «Alter?» – «Acht Jahre.» – «Struwelpeter? Max und Moritz? Robinson? Der kleine Prinz?» – «Hat er alles längst gelesen. Er ist ziemlich fortgeschritten für sein Alter. Offen gestanden: er interessiert sich speziell für Fernlenkgeschosse und Atomraketen.» – «Aha! Da hätt' ich hier etwas sehr Nettes ...» – «Ihre Wünsche, mein Herr?» – «A Buch hätt i halt gern ghabt.» – «Und welcher Art, wenn ich bitten darf? Soll's was Heiteres sein oder was Ernstes?» – «Ha noi, heiter net – 's isch für mei Frau! Die strickt mir nämlich zu viel und do davon wird se so arg nervees!» – «Wie alt ... Verzeihung, ich meine: Liebt Ihre Frau Gemahlin Liebesromane oder hätte sie lieber was Historisches?» – «Mmm, des kennt' i jetzt net emol gnau sage. Vielleicht habe Se ebbes, wo beides drin isch?» Schon im nächsten Augenblick holte der jugendliche Verkäufer, vermutlich ein Lehrling, mit unfehlbarem Instinkt und flink wie ein Wiesel «Heinrich VIII. und seine Frauen» herbei.

Dann stapfte ein pausbäckiger Manager mit Bauchbindenzigarre und schweinsledemer Aktentasche ins Geschäft: «Sagen Sie mal, junger Mann, ich such wat Jeeignetes für mein Fräulein Tochter. Oberprima! Darf pikant sein, aber nich unanständig, verstehn Se mich? Natürlich nich, dat sieht man Ihnen an! Ja is denn da keen erwachsener Mensch, mit dem man en vernünftjet Wort reden kann? Rufen Se mal'n Chef, aber fix! – Na also! Wat halten Se, ehrlich jesprochen, von der Sagan? Oder soll ik doch lieber den ollen Dingsda, den Sophokles, nehmen?» Er legte die Betonung auf die zweite Silbe und schlug mit der vielfach beringten, flachen Hand auf den Verkaufstisch, als habe er soeben eine Skatpartie gewonnen.

Natürlich gab es auch Kunden, die zum vornherein wussten, was sie wollten; glücklicherweise waren sie sogar in der Mehrzahl. «Die Schlafwandler» von Broch, Dos Passos «Manhattan Transfer», Bert Brecht, aber auch Thomas Mann und Hermann Hesse wurden mehrfach verlangt. Ein junges Paar aus gebildeten Kreisen stöberte nach einer passenden Lektüre für die verwöhnte Mama. «Aber doch nicht den Ulysses, Edith! Da ist Mam sofort überfordert. Wie soll sie sich in dem ewigen Wirrwarr von Zeitbegriffen zurechtfinden?» – «Na hör mal! Das spielt bei Mam doch überhaupt keine Rolle: Wo sie doch jedes Buch von hinten nach vorn liest ...»

Allmählich wurde ich vom vielen Lauschen müde. Ich begann, von keiner Bedienung belästigt, die Regale durchzusehen und wurde sogleich vom «Stöberfieber» befallen. Schnell überflog ich hier eine Seite und dort ein Kapitel und mein Appetit nach zeitgenössischer Literatur wuchs ins Unabsehbare. Erst als ich, in antiquarische Regionen geratend, über den «Glöckner von Notre-Dame» stolperte, fiel mir beiläufig Tante Lydia wieder ein. «Catull: Liebesgedichte»? Wohl kaum! «Balzac: Die Frau von dreissig ...»? Zu spät. «Wege zum Erfolg»? Ebenfalls zu spät. «Anna Karenina»? Tante Lydia ist Obrigkeiten gegenüber skeptisch. «Der Einfluss Homers auf den Klassizismus» ... «Wie bleibe ich jung?» ... «Der Graf von Monte Christo» ... «Die Christenverfolgungen aus neuer Sicht» ... «Gesunde Küche, ein Kinderspiel!» (geschrieben von niemand geringerem als der Gattin eines amerikanischen Diplomaten!). – Zwischen ihr und Dumas unschlüssig hin- und herschwankend, entschied ich mich zu guter Letzt für «Die Frau als Hüterin der Ordnung». Der Titel, so schien mir, war Tante Lydia wie auf den Leib geschnitten. Es war ein dickes, ein schweres, ein mit allen äusseren Merkmalen der Gediegenheit ausgestattetes Buch, gut gegliedert, mit einer schier endlosen Zahl von Unterkapiteln.

Zumindest im Hinblick auf Tante Lydia war es «das Buch» schlechthin.

Im Bewusstsein, das Richtige gefunden zu haben, legte ich das Geld neben die Kasse. Der Preis stand in keinem Verhältnis zum Umfang und zur Aufmachung des Werks. Bevor ich das Geschäft verliess, bat ich um eine weihnachtliche Verpackung. Schwer befrachtet und dennoch beschwingt, als trüge ich das kostbare «Extrakt aller Weisheit» unter meinem Arm, machte ich mich schliesslich auf den Heimweg und genoss in vollen Zügen den bescheidenen Triumph dessen, der sich, als «Träger», mehr noch, als «Zuträger» kultureller Werte verdient macht, ohne dieselben auch nur kostprobenweise für sich in Anspruch nehmen zu müssen. Und ich begriff mit einem Mal, woher es kommt, dass unendlich viele «gute Bücher» verschenkt und – ach! – so wenige gelesen werden.

Der Himmelsbote

Ich brauche nur die Augen ein wenig zuzukneifen, um das von Wind und Wetter gerötete und vor Gutmütigkeit glänzende Gesicht Briefträger Bäschlins gleich einem Lampion aus dem Dunkel der Vergangenheit aufleuchten zu sehen, einer Vergangenheit, die mehr als drei Jahrzehnte zurückliegt, denn ich war zu jener Zeit erst knapp sechs Jahre alt. Damals hatte ich den kühnen Plan gefasst, dem Christkind höchstpersönlich einen Brief zu schreiben. – «Ach, du kannst ja gar nicht schreiben!», meinte mein Spielkamerad Karli, verächtlich. Diese Äusserung wurmte mich umso mehr, als sie – genau betrachtet – den Nagel auf den Kopf traf. Infolgedessen liess ich Karli kurzerhand vor dem schneegepolsterten Gartenzaun stehen und stieg, temperamentvoller als nötig, die Treppe zur elterlichen Wohnung hoch.

Ein Geruch nach frischgebackenen Zimtsternen lockte mich zu Fanny in die Küche. Sogleich erzählte ich ihr begeistert meine Neuigkeit: – «Du! Ich schreib dem Christkind einen Brief!» Fanny, eine biedere Schwäbin, die meiner Mutter im Haushalt zur Hand ging, hatte die Teigschüssel zwischen die Schenkel geklemmt und schwang eifrig den Drahtbesen über einem sich höher und höher türmenden Berg von Eischnee. Erst als der weisse Schaumballen sich von der Schüssel zu lösen begann, wandte sie mir für einen Augenblick ihr schwitzendes Gesicht zu, kratzte sich mit einer Haarnadel über dem linken Ohr und meinte: «Ha, na schreibscht glei au no en schene Gruss vo mir!» – Das wollte ich gerne tun, wäre ich nur sicher gewesen, ob es ihr damit ernst war.

In der Stube sass meine Mutter über ihre Stickerei gebeugt. Es sollte eine Decke für Tante Ulricas Salontischchen werden. In ihren Gesichtszügen erkannte ich eine Anspannung. Offenbar hatte sie Angst, nicht rechtzeitig damit fertigzuwerden. – «Mami! Ich will dem Christkind einen Brief schreiben …» – «Tu das, mein Kind!» sagte sie mit einem müden Lächeln. Dann tastete sie mit der Hand nach ihrem schmerzenden Rückgrat und stichelte emsig weiter. Schmollend zog ich mich auf die Fensterbank zurück. Der offensichtliche Mangel an Anteilnahme für meine doch keineswegs alltägliche Idee hatte mich zutiefst enttäuscht.

Auf dem gegenüberliegenden Dachfirst hockte eine Krähe. Sie wippte schwerfällig mit den Flügeln und erhob sich dann träge in einen grauen Himmel. Gelber Rauch stieg aus einem Schornstein.

Dann sah ich Briefträger Bäschlin um die Ecke bei der Münstergasse biegen. Er ging mit langen, wiegenden Schritten und sein weiter Mantel bauschte sich im Wind. Etwas wie Wärme und Zuversicht schien von seiner beschwingten Gestalt auszugehen und so stieg der brennende Wunsch in mir hoch, ihn von meinem Vorhaben in Kenntnis zu setzen. Während ich, noch etwas unentschlossen, hinter die halbgeöffnete Haustür in Deckung ging, sah ich ihn draussen den Schnee von den Stiefeln klopfen. Dann beugte er sich, den Daumen befeuchtend, über seine grosse Umhängetasche und seinem Mund mit dem reifüberzogenen Schnurrbart entquollen weisse Dampfwolken. Sogleich fasste ich Mut und sprach den Briefträger an: «Ich will nämlich auch einen Brief schreiben. An das Christkind!», liess ich mich, ohne einleitende Worte, aus meinem Versteck vernehmen. Briefträger Bäschlin sah mich verblüfft an. Doch bald machte seiner Verwunderung ein heiterer Gesichtsausdruck Platz und seine von Fältchen umkränzten Augen blickten mich mit nachdenklichem Wohlgefallen an. Er entledigte sich für einen Moment seiner schweren Umhängetasche und wir setzten uns, als sei dies so ausgemacht, zusammen auf die zweitunterste Treppenstufe. Der Briefträger roch wundervoll nach Winterluft und ein klein wenig auch nach Pfeifentabak, aber das war nicht der Grund, warum ich ihn mochte. Das lag vor allem daran, dass er meine Fähigkeit, den geplanten Brief zu schreiben, nicht im Mindesten in Zweifel zog. Zunächst allerdings brachten mich seine Fragen nach dem Inhalt des Briefes in einige Verlegenheit, denn zu meiner eigenen Überraschung stellte es sich heraus, dass ich über diesen speziellen Punkt noch gar nicht nachgedacht hatte. Aber das liess sich leicht nachholen: Ich konnte dem Christkind beispielsweise erklären, warum mir weisse Bohnen so sehr zuwider waren und dass ich sie trotz aller Drohungen und Ermahnungen nicht hinunterbrächte. Trotzdem möge es mir doch die versprochene Puppenstube wegen dieser Kleinigkeit nicht vorenthalten. Auch hätte ich dem Christkind mitteilen können, dass Karli sich ein Trottinett wünschte. Doch als ich mich an die jüngsten Ereignisse erinnerte, beschloss ich, von dieser Möglichkeit keinen Gebrauch zu machen. Und dann waren da noch die Grüsse von Fanny zu bestellen, falls er, Briefträger Bäschlin, meine, dass sich auch das machen liesse.

Unser Briefträger war ein durch und durch gutmütiger Mann. Er erklärte sich mit allem einverstanden. «Und wenn du ihn geschrieben hast, den Brief, dann gibst du ihn mir mit. Ich werde dafür sorgen, dass er auch an die richtige Adresse kommt!», sagte er mit einem Schmunzeln und kniff mich mit seinen kalten, rauen Fingern in die Backe. Doch auf einmal hatte er es eilig. Kein Wunder: Seine dicke Ledertasche steckte noch voller Briefe. Ich blickte ihm nach und sah, wie die Schneeflocken um seinen Mantel stoben. «Briefträger Bäschlin ist der einzige Mensch auf der Welt, mit dem man ein vernünftiges Wort reden kann», dachte ich.

Während Fanny backte und die Mutter unentwegt mit ihrer Stickerei beschäftigt war, machte ich mich, ohne Zeit zu verschwenden, sogleich ans Werk: Ich holte den dicken Rotstift von Vaters Schreibtisch und «schrieb» auf einem Stück Packpapier meinen Brief an das Christkind. Den Stift hielt ich waagrecht in der geschlossenen Faust – genau so, wie ich, allen Belehrungen zum Trotz, den Suppenlöffel zu halten pflegte. Die «Schrift», die sich auf diese Weise ergab, zeigte geheimnisvolle Schlangenlinien und imponierende Schnörkel, die mich tief befriedigten.

Lange bevor Vater nach Hause kam, hatte ich mein Dokument, so gut es ging, zu Ende gebracht und schliesslich zusammengefaltet. Vorsorglich verwahrte ich es unter meiner Bettdecke. Noch glaube ich mich genau zu erinnern, wie ich es später, im Halbschlaf, unter meinen unruhig strampelnden Beinen knistern hörte.

Um Briefträger Bäschlin nur ja nicht zu verpassen, bezog ich am anderen Morgen, lange vor der Ankunft des Briefträgers, meinen Posten hinter der halbgeöffneten Haustür. Als er endlich aus wildem Schneegestöber auftauchte, sah er ganz weihnachtlich aus in seinem schneeverbrämten Mantel. Sogar an seinen Schnurrbartenden blitzten weisse Sterne. Ich hätte mir wahrlich keinen geeigneteren Himmelsboten wünschen können. – «Aha! Da ist er also!», meinte er mit feierlichem Ernst, während er meinen «Brief» in Empfang nahm. «Dem werde ich nun ganz besonders Sorge tragen müssen ...» – Er schlug mit einer königlichen Geste seinen Mantel zurück und steckte mein zusammengefaltetes Schriftstück behutsam in die Brusttasche seiner Dienstjacke. «Kannst dich auf mich verlassen!» raunte er mir noch zu. Dann verschwand er in dem dicht und dichter werdenden weissen Wirbel.

Zwei Tage wartete ich umsonst. Briefträger Bäschlin hatte eine Weihnachtsaushilfe zugeteilt bekommen; ein schmalbrüstiges Bürschchen mit abstehenden Ohren, das stets eine gewichtige Amtsmiene aufsetzte, und mich geflissentlich übersah. Gegen Abend des dritten Tages aber, als ich kaum noch zu hoffen wagte, geschah das Wunder: Herr Bäschlin war wieder da und überreichte mir persönlich mit einem freundschaftlichen Augenzwinkern ein kleines, goldgelbes Kuvert.

Kein Zweifel, das Christkind hatte mich einer Antwort für würdig befunden! – «Und hier», der Briefträger griff unter seinen Mantel, «das scheint auch noch dazuzugehören!» Er lächelte verschmitzt und streckte mir ein kleines Paket entgegen. «Ich würde dir aber raten, erst den Brief zu lesen, bevor du das Päckchen aufmachst.» – «Aber, aber …» stammelte ich, «ich kann ja gar nicht lesen.» Der Briefträger zuckte die Achseln: «Dann wird ihn dir wohl die Mama vorlesen müssen! Ich kann das leider nicht tun. Briefträgern ist es nämlich streng verboten, in fremde Korrespondenzen Einblick zu nehmen – ganz besonders, wenn sie von so hoch oben kommen.»

Briefträger Bäschlin hatte kaum zu Ende gesprochen, als ich mich auf dem Absatz umdrehte und, meine Schätze krampfhaft an mich gepresst, nach oben sauste. – «Mami, Mami!», rief ich und stürmte, ganz ausser Atem, ins Wohnzimmer. «Kannst du mir den Brief vorlesen? Briefträger Bäschlin hat ihn mir persönlich gebracht. Bitte, bitte! Lies ihn schnell vor!» – Die Mutter blickte mich erstaunt an. Sie war wohl selbst neugierig, was es mit dem Brief auf sich hatte. Eilig schlitzte sie den Umschlag mit einer Stricknadel auf. Während sie das Geschriebene mit raschen Augen überflog, bildeten sich um ihren Mund kleine Grübchen.

«Was bist du doch für ein Glückspilz!», schmunzelte sie. «Das Christkind schreibt, dass es deinen

Brief tatsächlich bekommen hat und sich freut, dir eine Antwort zu geben. Also, hör zu!» Langsam, mit behutsamer Stimme, als sei jedes Wort eine Kostbarkeit, begann sie, mir den Brief vorzulesen: «Liebes Erdenkind, ich finde es sehr nett, dass du den Mut hattest, mir zu schreiben. Du hast dir mit deinem Brief grosse Mühe gegeben und deshalb freut es mich, dir nun zu antworten, obwohl ich im Moment, so kurz vor dem Weihnachtsfest, sehr viel zu tun habe. Dass du keine weissen Bohnen magst, kann ich fast nicht glauben. Ich zum Beispiel esse sie fürs Leben gern. Auch etliche aus der Schar der Engel freuen sich jeweils mächtig, wenn Petrus, der für uns kocht, ein Gericht mit weissen Bohnen serviert. Ich schicke dir eine Dose aus seiner Vorratskammer mit. Du brauchst nicht alle Bohnen auf einmal zu essen. Aber du sollst wissen, dass ich dir bei der nächsten Bohnenmahlzeit von oben zuschaue und mich sehr freuen würde, wenn sie dir schmecken! – Wegen der Puppenstube kann ich dir noch nichts versprechen. Es gibt viele Kinder, die schon viel länger als du auf eine Puppenstube warten. Wenn ich aber mal eine übrig habe, dann sollst du sie bekommen. Versprochen! Für heute sende ich dir (und natürlich auch der lieben Fanny!) viele herzliche Grüsse. Dein Christkind.»

Ich war ausser mir vor Stolz und Glück. Den Brief vom Christkind zeigte ich später in der ganzen Nachbarschaft herum, und alle lasen ihn mit Bewunderung und grossem Respekt. Und was die weissen Bohnen anbelangt, so wurden sie von nun an zu meiner Leibspeise! Bis heute bin ich davon überzeugt, dass mir all dies nicht widerfahren wäre, hätte Briefträger Bäschlin mein Schreiben an das Christkind nicht ernst genommen.

Eine schöne Bescherung

Sie hiess natürlich anders, aber für mich war sie Frau Caramia. Sie hauste in einem fuchsbauähnlichen Verschlag an der Webergasse, woselbst sie einen verschwiegenen, aber umso schwungvolleren Handel mit Parmesankäse betrieb. Meine Mutter behauptete, es sei der einzige wirklich echte Parmesan in der ganzen Stadt. Er war so hart, dass Frau Caramia ihn – wie weiland Michelangelo seine Marmorblöcke – mit Hammer und Meissel bearbeiten musste, um das jeweils gewünschte Quantum davon herunterzubekommen; eine Hantierung, deren unfehlbares Gelingen nebst Kraft und Geschick eine fast visionäre Begabung erforderte. So pflegte Frau Caramia, nach tiefster Konzentration strebend, zwei bis drei Atemzüge lang die Lider zu schliessen. – «Undertfünfundswanzisch Gramma du sagen?», ehe sie mit martialisch vorgeschobener Kinnlade und funkelndem Blick zum entscheidenden Schlag ausholte. Die Wandlung ihres Mienenspiels gab so eine Art lückenhaften Querschnitt durch die kulturgeschichtlichen Phasen menschlicher Geistesverfassung, von der Bewusstseinsenge vegetativen Dahindämmerns über die Hellhörigkeit mystischer Transzendenz bis hinauf zum Pseudo-Kannibalismus jüngster Epochen. – «Ecco, cara mia!» Immer erriet sie das Gewicht bis auf einige Gramm genau, und ihre melodische Bassstimme ging in dröhnendes Gelächter über, wenn sie mir mit ihren parmesanduftenden Fettfingern befriedigt die Wangen tätschelte.

Frau Caramia, unter ihrem formenverhüllenden gehäkelten Umhang ein nicht zu übersehender ruhender Pol, war stets von einem Gewusel von Kindern und Katzen umgeben, die sie mit jovialen Fusstritten in Schach zu halten suchte. Umso mehr wunderte ich mich, als die Mutter mir eines Tages auf meine Frage, warum Frau Caramias Hände so gezittert hätten, geheimnistuerisch erklärte, jene habe sich vom Christkind ein Baby gewünscht und sei nun voller Sorge, ob es auch pünktlich und wohlbehalten ankomme. Ich hoffte im Stillen, das Christkind sei vernünftig genug, ihr diesen unbedachten Wunsch zu verwehren. Sie wusste ja ohnehin nicht, was sie mit all den Kindern anfangen sollte!

Weihnachten kam, und ich hatte, über all meinem Glück, Frau Caramia mitsamt ihrem fragwürdigen

Baby vergessen, als am zweiten Feiertag unerwartet die Hausglocke schellte. Unten stand schelmisch und zerzaust, wie ein aus dem Nest gepurzelter kleiner Kuckuck, Cesare, Frau Caramias Ältester, mit der Botschaft, er habe gestern ein neues Schwesterchen bekommen. Meine Mutter stopfte ihm die Taschen mit Weihnachtsgebäck und Mandarinen voll und sogleich hüpfte Cesare glückselig von dannen. – Nach dem Mittagessen holte die Mutter einen Packen Babywäsche und Windeln aus der Dachbodenkammer. «Da, bring das zu Frau Caramia», sagte sie zu mir. «Aber, dass du mir gleich wiederkommst!»

Nun war ich doch recht neugierig auf das Baby. Aber als ich in der Webergasse anlangte, war ich sehr erstaunt darüber, Frau Caramia am helllichten Tag im Bett vorzufinden; ausgerechnet jetzt, wo sie sich endlich an ihrem Geschenk hätte freuen können! Ich empfahl ihr, fleissig zu gurgeln, damit sie bald wieder gesund würde, worüber sie und ihre Nachbarin sich vor Lachen ausschütten wollten. Dabei wusste ich doch aus eigener Erfahrung nur zu gut, dass in derartigen Fällen nichts anderes helfen konnte! – Lange sah ich mich umsonst nach dem Baby in der finsteren Stube um. Es waren ausnahmsweise weder Kinder noch Katzen vorhanden, bis auf eine einzige, deren brüchiges Jammerstimmchen man von irgendwoher miauen hörte. Dort in dem Wäschekorb musste sie sich verkrochen haben. Aber es war gar keine Katze; es war – wer beschreibt meinen Schrecken? – ein puterrotes, verschrumpeltes Würstchen mit fest zusammengekniffenen Augen und geiferndem Greisenmäulchen. Falls dies das neue Baby sein sollte, so sah es ganz und gar nicht neu aus!

Frau Caramia schien meine stumme Enttäuschung für sprachloses Entzücken zu halten, und da ich ihr die Freude nicht verderben wollte, beschloss ich, weiterhin zu schweigen. – «Eh, cara mia! Wie dir gefallen meine Bambina? Du musst sagen deine Mama, du wollen auch aben piccola sorella, kleines Schwester, so wie das!» – Das war mir zuviel! Ich schüttelte energisch den Kopf, ja noch mehr: Aus Angst, Frau Caramia könnte mir in ihrer Gutherzigkeit ihr eigenes Baby abtreten wollen, machte ich einen ängstlichen Rückzieher zur Tür hin, nicht ohne dabei das farbenprächtige Bild über dem Bett schrittweise ins Auge zu fassen. Es war die Muttergottes mit dem Kind, einem lächelnden, pausbäckigen Baby mit rosiger Haut, grossen, blauen Augen und einem goldenen Strahlenkranz um den Lockenkopf. Frau Caramia begann mir furchtbar leid zu tun. Früher oder später würde sie zweifellos dahinterkommen, dass man sie zum Besten gehalten hatte. – «Sie müssen ihm viel Hafergrütze zu essen geben und frischen Spinat, dann wird es gross und schön – bestimmt wahr!», versuchte ich, gegen meine eigene Überzeugung, zu trösten, ehe ich, durch erneutes Gelächter vollends aus der Fassung gebracht, das Weite suchte.

Zu Hause angelangt, erklärte ich meiner Mutter mit kategorischem Ernst, dass ich nie, gar nie ein Schwesterchen haben wolle; nein, auch kein Brüderchen! Denn wer gab mir die Garantie, dass es am Ende nicht genau so aussehen würde wie das Baby von Frau Caramia? Das wäre eine schöne Bescherung!

Die Weihnachtssocken

Es war vierzehn Tage vor Weihnachten. Das ganze Haus duftete nach Lebkuchen und Anisplätzchen, und ich wäre restlos glücklich gewesen, hätte man mich nicht dazu verurteilt, den Vater mit einem Paar selbstgestrickter Socken zu überraschen. Es gab für mich zu jener Zeit nichts auf der Welt, was mir mehr Ungelegenheiten bereitete als das Stricken. Lieber hätte ich mir sämtliche Zähne ziehen oder mich in den Keller sperren lassen, obwohl ich vor Zahnärzten wie vor Mäusen gleichermassen Respekt hatte.

Jeden Nachmittag, kaum dass ich meine Aufgaben erledigt, die Griffel gespitzt und den Schulranzen neu gepackt hatte, kauerte ich, ein Bild der Verzweiflung, auf meinem Schemel am Fenster und kämpfte unter dem kriegerischen Geklirr der Stricknadeln mit sich asozial gebärdenden Maschen und aufrührerischen Knoten. Der Schweiss quoll mir aus allen Poren – und dies dauerte nun schon mehr als drei Wochen, ohne dass sich mein Socken als solcher zu erkennen gab. Mein Abendgebet «Lieber Gott, mach mich fromm, dass ich in den Himmel komm» hatte ich längst aus eigener Initiative den herrschenden Umständen angepasst: «Lieber Gott, bitte, bitte, mach, dass mein Socken endlich ein Socken wird!» – Das reimte sich zwar schlecht, kam aber so unmittelbar aus den untergründigsten Tiefen meiner gequälten Seele, dass ich niemals ganz an der Wirksamkeit meines Stossgebetes zweifelte. – Da, just als meine Zuversicht sich in Mutlosigkeit zu verwandeln begann, führte mich der Zufall, oder war es der liebe Gott persönlich, zu Steffen Storch.

Steffen Storch hauste mit seiner Grossmutter in der Dachwohnung über uns. Niemand im Haus wusste Genaueres, als dass die alte Frau tagsüber in die Stuhlfabrik nach Stein am Rhein fuhr, während ihr Enkelsohn, wie jedermann im Haus vermutete, ein kümmerliches und nutzloses Dasein fristete. Steffen war nämlich taubstumm. Wo immer der arme Junge sich blicken liess, erregte sein seltsames Verhalten Mitleid und Spott, besonders bei den Kindern. Was mich betraf, so war ich Steffen stets mit einer gewissen Vorsicht aus dem Weg gegangen, so, wie man etwa einem Betrunkenen aus dem Weg geht.

In diesen Dezembertagen trug es sich zu, dass ein Paket für Steffens Grossmutter bei uns abgegeben wurde. Als ich es später hinaufbrachte, meldete sich niemand. Allerdings fand ich die Wohnung unverschlossen. Vorsichtig betrat ich den Flur und öffnete, teils ängstlich, teils neugierig, die erstbeste Tür. Der Anblick, der sich mir bot, war so unerwartet, dass ich vor ungläubigem Staunen beinahe das Paket hätte fallen lassen: Am Fenster sass Steffen. Behaglich streckte er seine dürren Beine mit den überdimensionalen Filzpantoffeln von sich und – strickte! Ich traute meinen Augen nicht: Der junge Mann strickte tatsächlich mit grossem Eifer an einem schwarzen Strumpfrohr von unwahrscheinlicher Länge! Und was für mich das Erstaunlichste war: Er sah dabei so arglos und zufrieden aus, als gäbe es keine erquicklichere Beschäftigung.

Nachdem meine Glieder sich aus ihrer Erstarrung gelöst hatten, stellte ich das Paket, ohne dass Steffen mich gesehen hätte, auf den Boden und trat eiligst den Rückzug an.

Ich hielt es für angebracht, meine Entdeckung vorläufig für mich zu behalten. Allerdings nahm ich mir vor, meinen Besuch im vierten Stock bei passender Gelegenheit zu wiederholen. Schon anderntags, die Mutter war ausgegangen, packte ich in einer Anwandlung von Draufgängertum mein Strickzeug unter den Arm und schlich mit hämmerndem Puls nach oben. Als ich behutsam die Tür zum Wohnzimmer öffnete, bot sich mir das gleiche, friedliche Bild wie am Vortag: Steffen, mit Leib und Seele in seine Strickerei versponnen, bemerkte mich erst, als ich, mein Sockenfragment schamhaft auf dem Rücken verbergend, mich ängstlichen Herzens an ihn heranpirschte. Unvermutet stiess er ein freundschaftliches Bellen aus und tätschelte mir die Wangen, was ich geschehen liess, obwohl mir die Angst eine Gänsehaut über den Rücken jagte. Nach dieser Begrüssungszeremonie spielte sich zwischen uns eine Art Pantomime ab, in deren Verlauf ich meine Scheu zusehends überwand, während ich, unter Zuhilfenahme von Händen und Füssen, die Problematik meiner Situation in Bezug auf Vaters Socken zu demonstrieren versuchte. Steffen, nicht halb so schwer von Begriff, wie ich befürchtet hatte, machte sich ohne viel Umstände über die Sache her: Ehe ich es verhindern konnte, hatte er gut die Hälfte meines verunglückten Machwerks dem Wollknäuel wieder einverleibt, und während sein gutmütiges Mondgesicht vor Hilfsbereitschaft strahlte, wuchs unter seinen ungeschlachten Händen ein Maschengebilde heran, dessen auffallende Regelmässigkeit mich aus naheliegenden Gründen mehr bekümmerte als freute.

Es würde zu weit führen, wollte ich das aufreibende Wechselspiel zwischen Erleichterung und Bedrängnis, zwischen heimlichem Triumph und ebenso heimlichen Befürchtungen schildern, dem mein Gemüt in den kommenden Wochen ausgesetzt war. Zu meiner eigenen Verblüffung gelang es mir immer wieder, mich auf kürzere oder längere Zeit mit meinem Strickzeug davonzumachen; sei es, dass ich die Erlaubnis bekam, meine Freundin Irma zu besuchen oder mit der Ausrede, das jüngste Kind der Nachbarin zu hüten. – «Meine Lismete nehm ich mit …», pflegte ich bei solchen Gelegenheiten beiläufig hinzuzufügen. Ich hatte den Ehrgeiz, wenigstens dem Buchstaben nach nicht zu lügen: Ich ging wirklich zu Irma, ich hütete tatsächlich das Kind der Nachbarin, und die Unglückssocken nahm ich, wie versprochen, ebenfalls mit; allerdings nicht zu Irma und auch nicht zur Nachbarin. Vielmehr schlich ich mich, nachdem ich das Haus auf dem rechtmässigen Weg verlassen hatte, hinten bei der Waschküche wieder ins Haus herein und kletterte mit katzenhafter Geräuschlosigkeit in den vierten Stock, um mein Strickzeug bis zu meiner Rückkehr vertrauensvoll in Steffens kundige Hände zu legen. Die einzige Schwierigkeit bestand darin, wieder in den Besitz des Strickzeugs zu gelangen, ohne mich dabei erwischen zu lassen. Aber auch dies fügte sich überraschend gut. Weil die Mutter, die das allmähliche Wachstum meines Sockens lobend zur Kenntnis nahm, keinerlei Argwohn zeigte, schien alles in bester Ordnung.

So bedachtsam und schlau ich in Bezug auf die technischen Details meines Plans zu Werk gegangen war, so wenig hatte ich mit der Engmaschigkeit meines Gewissens gerechnet; und als der Abend der Bescherung herangekommen war, zappelte ich darin wie ein Fisch im Netz. Nicht genug, dass ich Papa bei der feierlichen Überreichung meines Geschenks nicht in die Augen zu blicken wagte. Als er, das Kunstwerk begutachtend, mich gerührt in die Arme schloss, war es um meine Fassung vollends geschehen. Was da an salzigem Nass meinen Augen entströmte, glich einem wahren Schleusenbruch, und dieser Wasserkatastrophe folgte ein Geständnis, das in seiner glühenden Scham und verzweifelten Selbstanklage einen Granitblock hätte erweichen können. In Anerkennung der durchgestandenen Seelenqualen wurde mir eine Bewährungsfrist zugesprochen.

Schliesslich machte mein Vater den Vorschlag, Steffen spontan zu uns einzuladen, um ihm für seine Arbeit zu danken. Mit etwas mulmigem Gefühl stieg ich die Treppe hoch und läutete: «Der Steffen soll nach unten kommen?», fragte seine Grossmutter. «Herrje, er wird doch nichts Dummes angestellt haben?» Eiligst band sie sich ein gehäkeltes Tuch unter dem Kinn zusammen und folgte mir, den verblüfften Steffen am Ärmel hinter sich herschleifend, nach unten.

Als sich die Sache dann aufgeklärt und meine Eltern Steffens Geschicklichkeit ausgiebig gelobt hatten, liess sich die alte Frau gerne dazu bewegen, ein Glas Wein mit uns zu trinken. Die Kerzen waren erst zur Hälfte abgebrannt. Steffen kauerte mit glückseligem Lächeln am Boden vor der Krippe. Am besten schienen ihm die Schafe zu gefallen, und so steckte ich ihm, da ich der Zustimmung meiner Eltern nicht ganz sicher war, in einem unbeobachteten Moment eins davon heimlich in die Hosentasche.

Steffen verstand es meisterhaft, unser Geheimnis zu wahren. Doch wenn ich ihm später auf der Treppe begegnete, lächelte er mir verschmitzt zu, legte den Finger auf den Mund und wies verstohlen auf seine Hosentasche, um mir zu zeigen, dass er sein «Heiligtum» noch immer bei sich trage.

Begegnung in der Goldmocca-Bar

«1 Tasse Goldmocca mit Milch und Zucker: 20 Pfennig!»

Das Plakat, von blühenden Azaleenstöcken und blitzenden Geschenkkaffeedosen eingerahmt, ist mir schon so vertraut, dass ich es längst nicht mehr zu lesen brauche. Hat man jene Schwelle erst einmal überschritten, so fühlt man sich aller Schwerkraft enthoben. Man schreitet nicht, nein, man schwebt, von Aromawolken getragen, zum Ausschank, um aus den Händen einer weissgekleideten Fee den dampfenden Zaubertrank in Empfang zu nehmen. Die Fee kennt mich bereits, und da sie weiss, dass ich weder Tischtücher noch Aschenbecher zu klauen imstande bin, ist sie mir wohlgesinnt und gewährt mir sogar das Privileg einiger Extratropfen Milch. – Obwohl dort also nach Noten geklaut wird, könnte man das Lokal insofern «exklusiv» nennen, als es buchstäblich nur Kaffee gibt; Kaffee in flüssiger, Kaffee in Bohnen-

und Kaffee in Pulverform. An der Verkaufstheke, schräg gegenüber dem Ausschank, hantieren, von einer fünffachen Kundenschlange bedrängt, fünf moccafarbene Verkäuferinnen mit milchweissen Halsschleifen. Sie sind am laufenden Band damit beschäftigt, die während endloser Kriegs- und Nachkriegsjahre so schmerzlich entbehrten «schwarzen Perlen» durch fünf funkelnde Kupfermühlen zu jagen. Das Surren der Maschinen, das Hineinprasseln der Bohnen, ihr an knochenzermalmende Hunde erinnerndes Splittern und Krachen plus das jeweilige Ausklopfen der Behälter ergibt, mit fünf multipliziert, ein Spektakel, das sich von den neuesten Schöpfungen auf dem Gebiet elektronischer Musik in nichts unterscheidet. Dieses akustische Phänomen verbindet sich mit den verwirrenden Düften der diversen Kaffeesorten zu einem wahrhaft magischen Effekt, und man bedürfte kaum noch der stimulierenden Wirkung des genossenen Gebräus, um sich aus der Sphäre nüchterner Verstandestätigkeit in einen wachtraumartigen Zustand hineinmanövrieren zu lassen, einen Zustand, in dem Menschen und Dinge, aus ihrer Alltäglichkeit sich loslösend, vierdimensionalen Charakter anzunehmen scheinen.

Hinzu kommt der rasche Szenenwechsel, das, was man in einem guten Film den «Schnitt» nennt. Eine Tasse Kaffee ist bald leergetrunken, zumal dort, wo es keine Sitzgelegenheit gibt. Eine Ausnahme bilden mittellose Liebespaare bei Regen oder Männer in den besten Jahren, die zu Hause der neuen Vorhänge wegen nicht rauchen dürfen; auch Teenager, besonders, wenn sie in «Geschwadern» auftreten, lassen sich gerne Zeit –, von mir selbst, die ich mich moralisch verpflichtet fühle, nach jedem bedächtigen Schluck die Tasse mit heissem Wasser nachzufüllen, gar nicht zu reden.

Einheimische trifft man selten in diesem Lokal, denn man kann von der Strasse ungehindert hereinschauen und die Karlsruher, ihrer Mentalität nach biedere Kleinstädter, lieben es nicht, «gesehen» zu werden. Sonst aber verkehren hier Leute aus allen Teilen Deutschlands.

Unvergesslich bleibt mir ein älteres Flüchtlingsehepaar aus Halle an der Saale: er ein ausgemergeltes, grüblerisches Männchen, sie eine lebhafte Matrone von menschenfreundlicher Rundlichkeit. Vertraulich klopft sie mir auf die Schulter. «Siehste Siechfried, da is ja unser Fräulein von neulich!» – Und ehe ich noch etwas erwidern kann, fährt sie fort: «Was glauben Sie, was wir neulich fürn Glück hatten! Da komm ich denn also nach Hause, denke mir: Nur immer rin mit de Scherbenkiste – packe aus – und alles, alles war noch heil!»

Ihre Freude umspült mich wie ein Schaumbad; mir selbst scheint ein Stein vom Herzen zu fallen, obschon ich keine Ahnung habe, wovon im Einzelnen die Rede ist. Und während ich, um meine beschämende Unwissenheit zu verbergen, in meinem bereits mehrfach verdünnten Kaffee rühre, stellt sich langsam heraus, dass die Frau in Gegenwart meiner «Doppelgängerin» ein Paket mit Porzellanfiguren hatte zu Boden fallen lassen, die sie zwecks Ausschmückung ihres Heims im Warenhaus erstanden hatte: einen edlen Windhund, eine Gruppe von Rehen und eine rosa Tänzerin in gerüschtem Ballettröckchen. «Und alles, alles war noch heil!»

Die Freude auf dem Gesicht der Frau steigerte sich zum Triumph. Tränen glänzten in ihren rotgeränderten Augen, glänzten und kugelten ihr über die kissenartigen Bäckchen. – «Ach Siechfried, da flenn ich nu schon wieder …!» Und Siechfried reicht ihr mechanisch sein Schnupftuch über den Tisch. «Se hat nämlich en Auchenleiden, verstehn Se, und dat is keen Wunder. Militärknopflöcher für zwei Weltkriege nähen, da müssen einem ja die Auchen druff gehn, verstehn Se!»

«Militärknopflöcher?» – Der Gedanke, dass man zum Kriegführen auch Knopflöcher braucht, war mir noch nie gekommen. Und diese Frau, die nun kaffeetrinkend vor mir stand, hatte solche zu Hunderten genäht? Knopflöcher für Uniformen derer, die auf den Schlachtfeldern umgekommen waren. Mich fror. – «Ich tat's ja gerne», sagte die Frau und lächelte demütig auf ihre Tasse hinunter. Was hätt' ich auch sonst tun sollen? – Warten? Immer nur zu Hause sitzen und warten, auf den Mann, auf die Söhne, die niemals wiederkommen? Wer hält das schon aus?» – Ich musste ihr recht geben. Dann lieber noch Knopflöcher nähen. Knopflöcher fürs Vaterland! Und wenn zehnmal die Augen draufgehen. «Und dann kamen die Russen ...» – Eine Zeitlang hatte man durchgehalten. Schliesslich aber musste man doch flüchten: Schneegestöber bei minus 10 Grad, vier Tage und vier Nächte unterwegs ... – Eine Wohnung? Nein, eine Wohnung haben sie natürlich noch keine, aber das Lager draussen vor der Stadt ist soweit ordentlich, besonders, wenn man's versteht, es sich ein wenig gemütlich zu machen: Ein Windhund, eine Gruppe von Rehen, eine Tänzerin im rosa Rüschröckchen. «Und alles, alles war noch heil! Wat glauben Se, wat wir fürn Glück hatten!»

Gespräch mit dem Faun

Er steht hinterm Schloss und ist ein richtiger Faun mit Bocksfüssen. Im Krieg hat er beide Arme verloren und lacht dazu. Dass er das tut, kommt wohl daher, dass er aus Stein ist. Seine Nachbarin, die Nymphe, ist schlimmer dran – oder besser? Sie hat ihren Kopf eingebüsst, und es ist daher schwer zu sagen, ob sie sein Lächeln erwidert. Das Schloss ist natürlich kein Schloss; es lässt nur in einer netten Art durchblicken, dass es noch eines sein könnte, wenn die Bomben nicht gewesen wären.

Unser Faun also steht da und lacht, lacht sein faunisches Lachen, und in seiner näheren Umgebung trauern ein paar hingerichtete Kohlköpfe.

«Entschuldigen Sie bitte. Können Sie mir sagen», fragte ich ihn eines Tages im Vorbeigehen, «wie Sie es fertigbringen, unter so unerfreulichen Umständen zu lachen?» – Antwortet der Faun: «Erstens ist das mein Beruf. Ein Faun hat zu grinsen, das war schon immer so. Und wäre es anders, ich würde es dennoch tun, ausserberuflich gewissermassen. Oder findest du es vielleicht nicht lächerlich, was deine Sippe sich da wieder geleistet hat? Erst wisst ihr vor Grössenwahn nicht, was ihr euch alles hinbauen sollt, dann haut ihr's in einer halben Nacht wieder kaputt. Hi, hi, hi … Alles kaputt.»

Einen solchen Ausfall hatte ich nicht erwartet. Ich schwieg betroffen. Er aber fuhr fort: «Du bist übrigens die erste, die sich herablässt, ein Wort mit mir zu reden. Seit über hundert Jahren steh' ich mir schon die Beine in den Bauch und grinse pflichtschuldigst dazu. Man hat sich das damals so ausgedacht. Einmal, aber das ist schon lange her, tippte eine der kleinen Prinzessinnen mit dem Finger auf mich und sagte: ‹Plop!› Das war alles. Am meisten freut mich, dass seine Majestät, der Grossherzog, jetzt am eigenen Leib erfahren kann, was es heisst, eine Statue zu sein. Draussen vorm Westeingang steht er in seinem gusseisernen Kittelchen und kann sich geschmeichelt fühlen, wenn die Meise, die mich täglich besucht und sich über ihn lustig macht, ab und zu auf seinen Helm was fallen lässt. Und du? Was ist mit dir?», wandte sich der Faun jetzt unvermittelt an mich. Etwas unsicher geworden, sagte ich ziemlich bescheiden: «Ich wohne in der Kriegsstrasse 82, zweite Etage. Oder was meinst du?»

«Soso, du wohnst», höhnte er zurück. «Das scheint heute allerdings nicht ganz selbstverständlich zu sein, wenn man bedenkt ... In dem Schloss da zum Beispiel könnte euresgleichen heute nicht mehr wohnen. Ihr braucht ja bekanntlich ein Dach über dem Kopf, damit es nicht in euer Hirnschmalz regnet; ihr habt ohnehin nicht allzuviel davon ... Also wohnen tust du, sieh an! Zugegeben, auch das ist eine Beschäftigung. Sag mal: Wie lange wohnst du denn schon so, alles in allem? Du scheinst mir immerhin über die dümmsten Jahre hinaus zu sein. Nun, lass gut sein. Ich will's so genau nicht wissen. Hast du Kinder? – Kinder finde ich noch am erträglichsten. Sie sagen manchmal ‹Plop!›, tippen mit dem Finger auf einen und man hat immerhin den Eindruck, dass sie sich was dabei denken. Bei euch Erwachsenen bin ich mir da nicht so sicher ... Aber sag mal: Bin ich eigentlich aus Stein oder bist du's? Da quatsch ich seit einer halben Stunde an dich ran und du stehst da, als hätt' dich weiland der Grossherzog zum Angucken ins Gemüse gestellt. Hätt' ich meine Arme noch, ich tät' dich schütteln, damit ich wüsste, ob du bloss eingeschlafen oder tatsächlich aus Stein bist!»

«Das nun gerade nicht», antwortete ich endlich, als ich mich von meiner peinlichen Verwunderung etwas erholt hatte. «Es hat schon seine Richtigkeit mit dem, was du sagst. Aber weisst du, ich kam eigentlich nur auf einen Sprung hier vorbei und müsste eigentlich längst …»

«Neugierig wär' ich schon», unterbrach der Faun meine zögernde Rede, «wie es anderswo aussieht und was ihr in der Stadt so macht. Ich sehe von hier aus immer nur Liebespaare, die Unsinn schwatzen, oder wackelige Alte, die ihre mürben Knochen spazieren tragen. Es muss doch noch anderes geben? Ich meine: Was macht ihr da draussen, wenn ihr nicht gerade verliebt seid oder auf den Tod wartet? Oder, wie du, wohnt? Wenn du schon nicht von dir erzählen willst, weil du dir denkst, dass mich das einen Pfifferling angeht, so plaudere doch ein wenig über das, was du in der Stadt so alles siehst!»

«Den Gefallen», sagte ich, «würde ich dir gerne tun, hätte ich nur mehr Zeit …» – «Freilich, freilich, du musst schnell einmal wohnen, versteht sich, hi, hi, hi!», kicherte er zurück. Vor Verlegenheit biss ich mir auf die Zunge. So setzte ich mich also auf die kärglichen Reste der steinernen Einfriedung, die uns trennte, und begann, erst stotternd, dann allmählich meine Verlegenheit vergessend, zu erzählen.

«Als ich hier ankam, vor einem Jahr, ich komme nämlich von jenseits der Grenze, weisst du, aus jenem kleinen Land, das hier immer mit dem Paradies verwechselt wird, da musste ich von Grund auf umlernen. Ich musste sehen lernen, wo scheinbar nichts war, und keine Brille der Welt konnte mir dabei etwas nützen. Wenn einer sagte: Du gehst bei der Stadtkirche rechts ums Eck, oder: linkerhand am Naturhistorischen Museum vorbei, so hiess das nicht etwa, dass diese Gebäulichkeiten, als solche kenntlich, an Ort und Stelle auf mich warteten, wie ich das von zu Hause gewohnt war. Was ich vorfand, war bestenfalls eine Kurzschrift, eine Art von Stenographie, in die man erst eingeweiht werden musste, um die einzelnen Zeichen richtig deuten zu können: Eine hohe und eine niedere Säule konnte ‹Kirche› heissen; ein Mauerstück, aus dessen Fensteröffnungen ausgewachsene Akazien guckten, ‹Museum›. Oder stell dir vor, es deutet einer mit dem Finger in die leere Luft. Du denkst, er will dir eine besonders sehenswerte Wolke zeigen. Er aber sagt: ‹Guck, da hab‘ ich mal gewohnt!›

Ja, das war alles nicht so einfach. Aber, wie gesagt, man lernt um. Man lernt erstaunlich rasch um, verdächtig rasch sogar. Man ertappt sich schon nach wenigen Tagen dabei, wie man gedankenlos an Dingen vorübergeht, die einen noch vor kurzem im Innersten beschäftigt und erschüttert haben, und man schämt sich hin und wieder ein klein wenig dessen, was man mit einiger Nachsicht die «menschliche Anpassungsfähigkeit» nennen könnte. Noch peinlicher ist: Man beginnt allmählich, an diesem und jenem Gefallen zu finden. Man sieht nicht mehr das Bild der Zerstörung als solches. Man entdeckt plötzlich die Schönheiten, den Reiz des Malerischen und Einzigartigen einer solchen Ruinenstadt; und man bemerkt ausserdem, mit einem leisen Grauen vor sich selber, in seinem Inneren die unheimliche Fähigkeit, sich an dieser Art von Romantik, die zweifellos dämonischen Ursprungs ist, zu berauschen: Pompöse, klassizistische Fassaden, zerfranst und zerfetzt wie schadhafte Kulissen; mittendurch ein paar Meter blanker Himmel, von einer Reihe Fenster stückweise ausgestanzt. Oft wirken diese Fenster wie gerahmte Bilder von Wolken, Vögeln oder wuchernden Pflanzen.

Glänzende Auslagen: Blendende Spiegel, spiegelndes Leder, funkelnder Schmuck, kostbare Pelze, Wogen aufgebauschter Seide; unmittelbar darüber, freischwebend in der Luft und wie zum Hohn ausgedacht, das Gedärm eines Hauses: Die Reste eines Flurs, einer Küche; flatternde Tapeten, ein hängengebliebenes Ofenrohr, rot vom Rost; rostzerfressenes Gestänge, vielfach verbogen und verschlungen und irgendwo im Leeren endend.

Oder in den Villenvierteln: Über Bergen von Trümmern ein anmutig gebauchter Balkon, von zwei lächelnden Putten mühelos getragen, als wäre er aus Pappe. Sie scheinen mit ihrer Beute in friedlichere Gefilde entfliehen zu wollen. Über einem von Unkraut umwucherten Portal, schief in den Wolken hängend wie ein gekentertes Boot, eine verbeulte Badewanne; blühende Königskerzen zwischen geborstenem Parkett. Schmiedeeiserne Geländer ohne Treppen, kunstvoll verschnörkelt, ins Unbestimmte zielend und vor klarem Himmel wie Schmuck auf blauer Seide.

Oder nachts: Mondbeschienene Treppen, die nirgendwohin führen; einsame Säulen, die wie anklagend nach den Sternen deuten. Bizarres Gemäuer hochaufragender Mietskasernen, wie zerfallene Gesichter im gespenstischen Licht; und zwischen aufgeplatzten Kaminen und schwarzen Brandmauern: das Wehen von Wäsche im Nachtwind ...»

Hinter dem Schloss war es Abend geworden. Der Ansturm von Bildern in meinem Innern schien abzuflauen. Ich blickte, noch etwas benommen, um mich. Der Faun dämmerte im zunehmenden Dunkel vor sich hin. Die kopflose Nymphe glich jetzt einer altägyptischen Vase. Durch die Fenster der Schlossruine schimmerten die Lichter der Stadt.

Ich blieb noch eine Weile auf meinem Mäuerchen sitzen, dachte an dieses und jenes, an Menschen, die mir begegnet waren, Menschen, mit denen man, weil es der Zufall so wollte, ein paar Worte gewechselt hatte; flüchtige Erscheinungen in jenem Strom, der tagaus, tagein an einem vorüberflutet. Ich dachte an das glatzköpfige Mütterchen, das an einer Strassenkreuzung neben mir stehen blieb, während ich, eine unförmige Blattpflanze im Arm, auf das Zeichen des Verkehrsschutzmannes wartete. «Eine Rex-Begonie», stellte sie fest. «Die muss man von unten giessen. Ich hatte auch eine zu Hause. Oh, ich habe sehr viele Blumen, Blumen hab' ich beinah am liebsten. Machen so viele Freude! Die Söhne in Russland verloren, alle drei. Hätt's nicht überstanden, wären meine Blumen nicht gewesen.» Das Frauchen war eine ganze Weile plaudernd neben mir her getrippelt. Oft wurden wir von Passanten getrennt, aber immer nahm sie den Faden wieder auf, bis sie dann, ganz unvermittelt, hinter einer Ecke verschwand. – «Immer schön von unten giessen!», hatte sie mir noch nachgerufen.

Ich dachte an den einarmigen Drehorgelmann, dem ich im vergangenen Winter begegnet war. Er sass, die Beine in eine durchlöcherte Decke gewickelt und an die Mauer einer Ruine gelehnt, dicht an der Strasse, mitten im wildesten Verkehr, und spielte: «Weisst du wieviel Sternlein stehen …» Es klang zaghaft und unbeholfen wie eine sehr hohe Kinderstimme und drang, vom Lärm der Strasse immer wieder verweht, nur bruchstückweise an mein Ohr. Es schneite ein wenig. Ab und zu legte einer im Vorübergehen einen zerfetzten Fünf- oder Zehnpfennigschein auf den hölzernen Teller; dann brach das Liedchen ab, die Hand, die gedreht hatte, tastete nach dem Geldschein, damit er nicht im Wind fortflöge. An der Art, wie sie es tat, merkte ich, dass der Mann blind war.

Ich dachte an den Invaliden mit der Ziehharmonika, der im Hinterhof aufgespielt hatte und von oben mit Ziegelsteinen beworfen worden war. Ich dachte an den Wanderdichter, wie er sich auf der Strasse beschwörend den Passanten in den Weg stellte: «Gnädige Frau, bitte schauen Sie, was ich hier selbst gedichtet habe!»

Kurz blieb ich stehen, von hinten und von vorn vielfach gepufft und gestossen, und las. Es war etwas von Einsamkeit und Heimweh darin und kostete 15 Pfennig.

Ich dachte an Frau Adam. Täglich steht sie mit ihrem gesprenkelten Krüglein in der einen, dem Geldbeutel in der anderen Hand im Milchladen und singt laut und unentwegt vor sich hin. Sie tut das nicht der Almosen wegen, sondern weil sie nicht anders kann, weil sie hatte zusehen müssen, wie ihr Haus, von Bomben getroffen, lichterloh brannte. «La, la, la», singt Frau Adam, bis ihr die Verkäuferin Krug und Geldbeutel aus den bebenden Händen nimmt und das Nötige besorgt. Und man hört noch ihr «La, la, la», wenn die Türe sich schon hinter ihr geschlossen hat.

Ich dachte an den Alten mit der Geige am Ludwigsplatz, der immer und immer wieder das «Ave Maria» von Gounod spielt und dazu mit dem Kopf wackelt. Kürzlich, als ich vorbeiging, hat ein anlaufender Lastwagen grad noch das «Amen» verschluckt.

Und ich dachte auch, wie vieles in der kurzen Zeit eines Jahres sich gebessert hat, wie die Stadt, vom Baufieber gepackt, Haus um Haus wieder aufrichtet, und dass sie, falls man ihr noch ein wenig Zeit liesse, alsbald eine ansehnliche Stadt mit lauter neuen Häusern sein würde …

Ich dachte an die Stephanskirche, die ein Dach aus echtem Kupfer bekommen hatte. Kupfer soll sehr teuer sein … Und ich wunderte mich, dass die Jungen und Alten, die, auf ihren Krücken kauernd, bei Wind und Regen Musik machen, noch genau so zahlreich sind wie damals. Aber eines ist für sie besser geworden: Fünf- und Zehnpfennige gibt es heute nur noch in Hartgeld. Sie können also ihr Lied ruhig zu Ende spielen, ohne sich sorgen zu müssen, dass der Wind die Fünfer und Zehner, die ab und zu in ihre Mütze fallen, davonträgt.

Hinter dem Schloss war's nun vollends dunkel geworden. Faun und Nymphe schienen wie eingeschmolzen in die Finsternis; kaum dass ich ihre Umrisse noch unterscheiden konnte. Ob ich Ihnen noch ein Wort des Abschieds zurufen sollte? Es war so merkwürdig still, dass ich mich fürchtete vor meiner eigenen Stimme. So schlich ich mich ohne Gruss davon.

«Ave Maria» spielte der Mann am Ludwigsplatz, mit dem Rücken an den Brunnen gelehnt, als ich vorbeikam. Der Brunnen murmelte geheimnisvoll und die Geige klang heiser.

Der Birkenzweig

Der abendliche Himmel schwankt
Unschlüssig zwischen grau und blau;
Zerbrechlich, wie chinesisch Porzellan.
In seinem Lichte senkt und hebt
Sich leis‘ ein Birkenzweig und lebt
In vielen zarten Gäbelchen
Winzigen Knospenschäbelchen;
Noch ist kein Laub daran.
Hängt so voll Zärtlichkeit, als sei
Es einer still geliebten Frau
Geheime Stickerei.

Schnellkurs für Anfänger

Endlich haben wir einen Vogel! Ich meine einen, auf den wir stolz sein können, denn er steht im Brehm.

Er hat kurze, mittlere und lange Wellen; dessen ungeachtet gibt er bis jetzt keinen Ton von sich. Ich wollte ihn dieses Mankos wegen umtauschen, aber mein Mann meinte, ein Wellensittich sei schliesslich kein Radio, und so müsse man Geduld mit ihm haben. Einverstanden. Aber Geduld erfordert Zeit, und die Zeit für seine Geduld nimmt sich mein Mann immer ausgerechnet dann, wenn ich das Essen auf den Tisch bringe. Das hat zur Folge, dass ich die Suppe nicht nur ein- bis zweimal, wie bisher, sondern drei- und viermal aufwärmen muss. Nun, das wird sich ändern, wenn er die Gasrechnung sieht …

Unser Vogel nämlich, so hat mein Mann sich das in den Kopf gesetzt, soll sprechen lernen und noch immer schlagen sich die beiden mit der ersten Lektion herum. Sie lautet: «Ich bin der Wellensittich aus der Kriegsstrasse zwoundachtzig, zwoter Stock, gegenüber der Markthalle.» – Ob das denn nicht etwas schwierig sei für den Anfang, wagte ich unlängst einzuwenden. Ein solch komplizierter Satzbau ohne jeden Schimmer von Grammatik ist gerade auch für einen so kleinen Vogel … Aber da kam ich schlecht an. Das System meines Mannes fusst auf den neuesten Erkenntnissen der Sprachwissenschaft. Ob ich denn noch nie etwas von der phonetischen Methode gehört hätte? Ausserdem sei es wichtig, dass der Kerl sagen könne, wo er hingehört, für den Fall, dass er einmal ausbüchst. Das leuchtet mir ein. Zugegeben, unser Vogel sitzt stets wohlgesittet auf seinem Stängelchen und macht durchaus den Eindruck eines Musterschülers: Sauber gekämmt, diszipliniert, aufmerksam und weit entfernt vom Übereifer jener Ehrgeizigen, die den Lehrer kaum zu Worte kommen lassen und ihn fortwährend um den Genuss seiner Überlegenheit bringen. – «Schau nur her, er lässt kein Auge von mir! Man spürt sofort, wie er das Gehörte in sich verarbeitet! Du wirst sehen, eines Tages …» – Nun ja, so ganz kann ich den Optimismus meines Mannes nicht teilen. Hat unser Vögelchen überhaupt eine Stimme? – Zuweilen, wenn es sein Köpfchen mit den überwachen Knopfaugen hin- und herwiegt, um zwischen zwei Worten meines Mannes seinerseits etwas fallen zu lassen, werde ich den Verdacht nicht los, als nehme es die Sache ausschliesslich von der komischen Seite. Mein Mann wäre nicht der erste Pädagoge, über dessen tierischen Ernst man sich lustig macht.

Meine Vermutung, dass unser Wellensittich nicht sprechen kann, will mein Mann nicht gelten lassen. «Aber natürlich hat unser Vogel eine Stimme! Man könnte ihn sogar musikalisch nennen, wenn man den Begriff etwas weiter fasst!» Bach, Beethoven, Brahms und Bartok machen auf ihn allerdings nicht den geringsten Eindruck. Wahre Musik in seinen Ohren wird einzig und allein dadurch erzeugt, dass man die Toilettenspülung betätigt. Das Rauschen aus jener Gegend animiert den sonst so Schweigsamen zu munterem Gezwitscher. Und da hierbei meist auch noch das Glöckchen im Käfig, von seiner Begeisterung angerührt, in Schwingung gerät, fügen sich die Klangelemente, fast wie von selbst, zu einem modernen Tongemälde.

Mein Mann ist ganz begeistert davon. Aber als wir vergangene Woche solidarisch an Darmgrippe litten, ging ihm der «Lokus-Pokus», wie er es nannte, doch auf die Nerven. Nun ja, wir waren begreiflicherweise beide etwas gereizt und grün im Gesicht, und in einem solchen Zustand neigt man unwillkürlich dazu, jede noch so harmlose Äusserung für Schadenfreude zu halten.

Dass wir unseren Vogel «Kaspar» getauft haben, hängt vor allem damit zusammen, dass die Taufe auf den Dreikönigstag fiel. Mit Rücksicht auf die Überlieferung montierte dann mein Mann seinen alten Rasierspiegel nebst einem kleinen Taschenspiegel an je einer Längs- und Querseite des Käfigs. Drei Könige – drei Vögel! Der im Rasierspiegel ist der Melchior, der im Taschenspiegel heisst Balthasar. Die drei scheinen in Anlehnung an die Tradition in allen Teilen übereinzustimmen. Nie sieht man einen von ihnen etwas tun, das die beiden anderen nicht auch täten. Anfangs konnten sie sich nicht genug darüber wundern, und ihre Mahlzeiten wurden zu einem richtigen Wettfressen, da jeder von ihnen fürchtete, zu kurz zu kommen. Mit Besorgnis denke ich an den Moment, da sie im Sprechchor ausrufen werden: «Ich bin der Wellensittich aus der Kriegsstrasse zwoundachtzig, zwoter Stock, gegenüber der Markthalle!» – Man wird uns die Wohnung kündigen, wir werden uns ein neues Domizil suchen müssen, und alle Schinderei war umsonst.

Dass unser Kaspar entfliegen könnte, bevor seine Sprachstudien zur Perfektion gediehen sind, hält mein Mann, im Hinblick auf dessen überdurchschnittliche Intelligenz, für ausgeschlossen. Ich wiederum halte es, auf Grund langjähriger Erfahrungen, keineswegs für ausgeschlossen, dass selbst mein Mann sich einmal irren könnte. Und für diesen Fall gebe ich hier gerne Kaspars Signalement bekannt: 0,22 Meter gross, Figur schlank bis vollschlank, klassische Hakennase, melierte Dauerwellen (vorwiegend auf dem Hinterkopf), blonder Backenbart à la Kaiser Franz Josef. Unter dem Frack aus topasfarbenem Moiré trägt er eine lichtgrüne Weste, dazu eine maisgelbe Halsbinde sowie Kniehosen aus grünem Taft. Fussbekleidung: keine.

Elegie einer Ordnungsliebenden

Man weiss: Der Frühling, selbst wenn er nur auf dem Kalender steht, wirkt sich auf verschiedene Gemüter verschieden aus. Der eine versucht Verse zu schreiben, der andere Ordnung zu schaffen. Ich liebe Ordnung über alles; ja, ich lechze förmlich nach ihr, denn die Zeit, die ich ständig darauf verwende, Dinge meines täglichen Bedarfs zu suchen und nicht zu finden, steht in keinem Verhältnis zur durchschnittlichen Lebensdauer eines einzelnen Menschen.

«Dass du dir doch angewöhnen könntest, deine Sachen an den richtigen Platz zu tun!» Diesen Stossseufzer meiner Mutter hat mein Mann in seinen «Hausschatz geflügelter Worte» wörtlich übernommen, ohne seine Schwiegermutter gekannt zu haben. Der Erfolg dieses frommen Wunsches war und ist in beiden Fällen gleich null. Das kommt vermutlich daher, dass ich, vielleicht infolge einer leichten Degenerationserscheinung im Gross- oder Kleinhirn, niemals mit Sicherheit zu erkennen vermag, welcher von den vielen möglichen Plätzen, auf die man einen bestimmten Gegenstand legen, stellen oder setzen kann, der «richtige» ist. Die Möglichkeiten, die sich mir in dieser Hinsicht anbieten, sind schier unbegrenzt; wobei ich natürlich nie darüber im Zweifel bin, dass der Kamm nicht auf den Gasherd und die Maggiwürze nicht auf den Schreibtisch gehört. Was aber tut man mit all den übrigen Dingen?

Neulich zum Beispiel suchte ich meinen Schuhlöffel. Ich war in grosser Eile, denn ich hatte ein Stelldichein mit dem Zahnarzt. Meine Suchaktion, der eine gläserne Keksdose sowie zwei Maschen eines Nylonstrumpfes zum Opfer fielen, endete mit dem pfiffigen Einfall, einen gewöhnlichen Suppenlöffel zu Hilfe zu nehmen. Der linke Schuh liess sich diese Stilwidrigkeit widerstandslos gefallen, wohingegen der rechte … Nun, im rechten verbarg sich eben dieser vertrackte Schuhlöffel. Anderntags, das Essen stand schon auf dem Tisch, bemerkte ich verblüfft, dass ich einen Suppenlöffel zu wenig hatte. Erst stellte ich die Küche, dann die Speisekammer, dann den Mülleimer auf den Kopf; letzteres tat ich nicht ganz umsonst, denn es fand sich dort das Teesieb, das ich seit zwei Tagen ebenfalls vergeblich gesucht hatte. Der Suppenlöffel hingegen kam erst am übernächsten Tag zum

Vorschein, und zwar, getreu den strengen Gesetzen der Logik, im Schuhputzkasten …

Je seltener ein bestimmter Gegenstand gebraucht wird, umso schwieriger ist es, seiner habhaft zu werden. Daraus folgt, dass ich mir immer erst einen neuen Fingerhut kaufen muss, wenn ich beispielsweise einen Knopf anzunähen beabsichtige. Meine diesjährige Frühjahrsbestandesaufnahme in Sachen Fingerhüten ergab deren neun. Ich sammelte sie, wie das jeder ordentliche Mensch an meiner Stelle auch getan hätte, in einer leeren Pralinenschachtel und schrieb, der Listigkeit meiner Handlungsweise vollauf bewusst, in mein Notizbuch, wo sie im Bedarfsfall zu finden sei. Was das Notizbuch betrifft, so vermisse ich es seit letztem Freitag … Dafür fand ich heute beim Entrümpeln der Dachkammer den Christbaumständer. Er kauerte in aller Unschuld hinter dem Gestell mit den Einmachgläsern und so, als freue er sich über dieses unzeitgemässe Wiedersehen. Schliesslich konnte er ja nicht wissen, dass wir seinetwegen unserem besten Küchenhocker die Beine bis zur Hälfte amputiert hatten, was wiederum zur Folge hat, dass mein Mann nun allmorgendlich mit zwei Bänden «Meyers Konversationslexikon» zum Frühstück erscheint.

Eine Fülle von Überraschungen bot das Stöbern im grossväterlichen, schilfgrünen Holzkoffer. Mit seinen massiven Eisenbeschlägen sieht er aus, als werde er in mondhellen Nächten von einer spukenden Ahnfrau bewacht. Zwar enthält er weder Golddukaten noch sonst etwas, das Begehrlichkeiten wecken könnte. Einige Reste sorgfältig zusammengerollter Tapeten, in deren grossblumigen Mustern früheste Kinderträume verwoben sind, eine Buttermaschine, mit der meine Mutter in mageren Zeiten den zusammengesparten «Rahm» verarbeitete; ferner der, wenn nicht für Kunstkenner, so doch für Schwerathleten bedeutsame Sockel einer Petroleumlampe, ein Stickrahmen, mit dessen Hilfe Mama auf meine Kleidchen lustigbunte Geschichten zauberte; und schliesslich, unter populärwissenschaftlichen Medizinbüchern vergraben, ein Poesiealbum: «Rosen, Tulpen, Nelken, alle drei verwelken …»

Was heisst da «entrümpeln»? Das Herz hat seine eigenen Wertmassstäbe, und die Gedanken, weit entfernt von aller Nützlichkeit, tummeln sich in elfenhafter Verzücktheit auf den Spätsommerwiesen der Erinnerung. Am Ende legt man mit behutsamen Fingern alles wieder an seinen alten Platz, lässt mit einem wehmütigen Seufzer den Deckel ins Schloss fallen und wundert sich, wie alles, was einst so wichtig erschien, plötzlich belanglos geworden ist.

«Denk dir, ich habe beim Entrümpeln der Dachkammer den Christbaumständer gefunden!», sage ich, während ich mich in die Niederungen nüchterner Verstandestätigkeit zurückbegebe, zu meinem Mann. Der deutet, ohne mich eines Blickes zu würdigen, mit dem Daumen nach der Uhr: Halb drei! Das Mittagessen! Ich erinnere mich dunkel an einen Zettel, auf dem ich die zu tätigenden Einkäufe notiert hatte. Sicher steckt er im Portemonnaie … Und das Portemonnaie …? Ohne Portemonnaie keine Einkäufe, ohne Einkäufe kein Mittagessen, ohne Mittagessen … «Dass du dir doch endlich angewöhnen könntest, deine Sachen …», höre ich meinen Mann sagen. Dabei habe ich, wie man sieht, seit Tagen, nein, seit Wochen, nichts anderes getan, als aufgeräumt!

Die geborgten Schlittschuhe

«Eisbahn Spitzwiese offen!», stand mit Kreide an der Schulhofmauer geschrieben. Es war nicht zu übersehen und versetzte mir jedesmal einen Stich in die Herzgegend, denn ich gehörte nicht zu den Glücklichen, die ein Paar Schlittschuhe ihr eigen nannten. «Lerne du erst einmal, wie man richtig auf zwei Füssen geht!», wurde mir nahegelegt, so oft ich es unternahm, in höflichen Umschreibungen auf diesen Mangel hinzuweisen. Der väterliche Einwand war nicht ganz aus der Luft gegriffen. Tatsächlich hatte ich ein auffallendes Talent, über die Unebenheiten meiner Umwelt hinwegzusehen, und so lebte ich, trotz meiner 10 Jahre, noch immer in hartnäckigem Konflikt mit den Gesetzen der Schwerkraft, wovon meine chronisch verpflasterten Kniescheiben beredtes Zeugnis ablegten. Dieser Umstand hinderte mich jedoch nicht, zu glauben, dass einer eleganten und kurvenreichen Fortbewegung auf spiegelnder

Eisfläche nichts weiter im Wege stünde als das Fehlen besagter Schlittschuhe.

«Hätt' ich doch diesen blödsinnigen Aufsatz nur schon erledigt!», stöhnte Herma Kuster, und der damit verbundene Seufzer erzeugte weissen Dampf in der kristallklaren Winterluft. Wir waren auf dem Weg zur Schule. An Hermas Arm baumelten ein Paar aufreizend neue, prächtig vernickelte Schlittschuhe, deren Blitzen, Funkeln und Klirren einen verheissungsvollen Gedanken in meinem Hirn aufblitzen liess. «Oh, du! Das ist doch kinderleicht!», meinte ich in lässigem Ton. «Ich habe meinen nur so aus dem Ärmel geschüttelt – fünf Seiten! Und ich hätt' noch viel mehr gewusst, wenn ich nur gewollt hätte!» – Herma liess ihre vor Kälte tränenden Augen mit neidvoller Bewunderung auf mir ruhen, und die Schlittschuhe quittierten ihren Ausruf des Erstaunens, wie mir schien, mit besonders melodischem Klirren. – «Ich könnte dir ja eventuell helfen ...», setzte ich nach einer angemessenen Pause unverbindlich hinzu, was Herma sogleich veranlasste, ihren Arm freundschaftlich um meine Schulter zu legen. Als Honorar für meinen Freundschaftsdienst wurde mir unter eindringlichem Flüstern eine Serie Schokoladesammelbildchen in Aussicht gestellt; ein wahrhaft verlockendes Angebot, wenn man bedachte, dass manch einer für ein einziges dieser Bildchen ein ganzes Pausenbrot herschenkte.

Aber bekanntlich ändert sich der Wert der Dinge mit der Dringlichkeit der Bedürfnisse. – «Weisst du was?», sagte ich, ohne zu Hermas Vorschlag Stellung zu nehmen, «ich mach dir deinen Aufsatz ganz allein, so dass du ihn nur noch abzuschreiben brauchst. Dafür leihst du mir am Donnerstagnachmittag deine Schlittschuhe, abgemacht?» Der Arm, der sich eben noch liebevoll um meine Schulter geschmiegt hatte, sank jäh herab. Doch ehe wir unser Klassenzimmer erreichten, war der Handel perfekt.

«Wenn ich das grosse Los gewänne» lautete unser Aufsatzthema. Während meine eigene Arbeit mich in Tat und Wahrheit viel Mühe und Schweiss gekostet hatte, ging ich bei Hermas Aufsatz, von der Vorfreude auf den kommenden Donnerstagnachmittag beflügelt, mit grossem Elan ans Werk. Das Bächlein meiner Phantasie gurgelte und rauschte fröhlich über Stock und Stein, und noch ehe ich es recht begriff, lag «Hermas Text» fix fertig vor mir. Als den Gipfel allen Luxus', den sie als glückliche Gewinnerin des grossen Loses sich leisten könnte, schilderte ich eine Reise nach Venedig, wobei mir die Erinnerung an die bunten Ansichtskarten Onkel Gians wertvolle Dienste leisteten. In einem wahren Dichterrausch und mit einem bemerkenswerten Verschleiss an Tinte und Papier pries ich jene von Lagunengeplätscher, Marmorglanz und Mandolinengezirp geprägten Besonderheiten, denen Venedig seine nie erlahmende Anziehungskraft verdankt. Die einzige Entgleisung, die mir dabei unterlief, bildete die «Rauchsäule des Vesuv», welche ich in der Absicht, eine besonders imponierende Tiefenwirkung zu erzielen, unmittelbar hinter dem Dogenpalast aufsteigen liess. Aber was bedeuteten schon geographische Tatbestände angesichts meiner Berge versetzenden Einbildungskraft?

«Am Mittwochabend kannst du den Aufsatz bei mir abholen. Die Schlittschuhe bringst du am besten gleich mit!», hatte ich zu Herma gesagt. Es klappte alles wunderbar. Schade nur, dass meine Vertragspartnerin beim Überreichen ihrer Gegenleistung eine so düsterfeierliche Miene aufsetzte, als habe man sie gezwungen, eine alttestamentarische Opferhandlung vorzunehmen. Meine gute Laune vermochte das allerdings nicht im mindesten zu beeinträchtigen. Im Gegenteil.

Es war bitterkalt und sternenklar, als ich Herma an jenem Abend zur Gartenpforte geleitete. Ich versprach ihr, die Schlittschuhe nach Gebrauch sauber abzutrocknen, nicht im Schnee damit herumzufahren und den Schlüssel für die Kufen nicht zu verlieren.

Am anderen Morgen, ich hatte in dieser Nacht wunderschön geträumt, erwachte ich in dem Glauben, der schönste Tag meines Lebens sei angebrochen. Aber noch ehe ich die Augen, geschweige denn die

Fensterläden, geöffnet hatte, gab mir ein verräterisches Geräusch, ähnlich dem Tropfen unzähliger Wasserhahnen, zu verstehen, dass ich mich sehr wahrscheinlich in dieser Annahme geirrt hatte. Die Welt, gestern noch in winterlichen Duft gehüllt, präsentierte sich schmutziggrau und voll träger Rinnsale und die ihres blendenden Schmuckes beraubten Bäume hoben anklagend ihre dürren Äste in einen düsteren Himmel. Die Kreideschrift an der Schulhofmauer war ausgelöscht.

Als erstes wurden unsere Aufsatzhefte eingesammelt. Anschliessend stellte der Lehrer überflüssigerweise fest, dass infolge Föhneinflusses Tauwetter eingetreten sei, und dass ihm dies, in Anbetracht unseres schulfreien Nachmittags, sehr leid täte. Er wolle bei der nächsten Lehrerkonferenz vorschlagen, dass wir zwei volle Tage Sportferien bekommen sollten, sobald die Wetterverhältnisse sich wieder gebessert hätten.

Um es vorwegzunehmen: sie besserten sich nicht. Es gab keinen Schnee und kein Eis mehr in jenem Winter, und daran konnte auch unser wohlmeinender Lehrer nichts ändern. Was unsere Aufsätze betraf, so fand unser Lehrer wenig später, dass er noch mit keinem anderen Thema so erfreuliche Resultate erzielt habe. Wohl sei die eine oder andere Arbeit, darunter leider auch die meinige, etwas mager ausgefallen. Im Grossen und Ganzen aber sei er sehr zufrieden. Eine wahre Glanzleistung habe Herma Kuster vollbracht, und das freue ihn ganz besonders. Einzig, dass der Vesuv von Venedig aus auch bei klarster Sicht nicht zu sehen sei … Aber das habe sie ja noch nicht ohne weiteres wissen können. Herma, die aus naheliegenden Gründen schamhaft errötete, wurde aufgefordert, mit ihrem Heft vor die Klasse zu treten und vorzulesen. Mochte die Wirkung des Gelesenen durch ihre stotternde Verlegenheit ein wenig beeinträchtigt worden sein, das Lob, das sie so unerwarteterweise geerntet hatte, liess ihre Klassenkameradinnen, ich selbst bildete eine Ausnahme, voll Bewunderung zu ihr aufschauen.

«Eigentlich könntest du mir wenigstens die versprochenen Schokoladebildchen geben …», sagte ich auf dem Heimweg und der Vorwurf in meiner Stimme war nicht zu überhören. Herma schien nachzudenken. Ich konnte beobachten, wie ihre blauen Unschuldsaugen sich zu Schlitzen verengten, was ihrem sonst angenehmen Gesicht etwas Tückisches verlieh. «Da musst du schon meinen Bruder fragen», meinte sie mit heuchlerischem Bedauern. «Er hat mir angedroht, zu verraten, dass der Aufsatz gar nicht von mir ist – da hab‘ ich sie ihm halt geschenkt, alle zusammen.»

Ein Jahr später bekam ich meine ersten Schlittschuhe. Überflüssig zu sagen, dass meine Kniescheiben in jener Zeit mehr Pflaster und Verbände trugen, als je zuvor. Doch sind mir die wenigen Augenblicke, in denen ich, die Illusion olympischer Schwerelosigkeit auskostend, zwischen Himmel und Eisbahn schwebte, in unvergesslicher Erinnerung geblieben.

Der Osterspaziergang

Es war Ostersonntag und ein Prachtswetter dazu; viel zu schön, um mit Weidenmeiers spazieren zu gehen. Man hätte beispielsweise mit den Nachbarskindern «Häslein im Klee» oder «Die Frau von Ninifee» spielen können. Aber stattdessen … «Erna, halt dich gerade!» – «Elfriede, tritt nicht ins nasse Gras mit deinen weissen Schuhen!» – «Nicht so nah ans Gebüsch, ihr beiden da vorn! Ihr werdet euch noch die Kleider zerreissen!» Richtig! Ich hatte meinen neuen Matrosenanzug an. Er war aus weissem Flanellstoff mit blauen Bändchen, und just an der Stelle, wo das Herz klopfte, sass ein goldener Anker. Nicht um die Welt hätte ich mit Elfriede Weidenmeiers rosa Seidenfähnchen tauschen mögen, das bei jedem Schritt knisterte wie Butterbrotpapier. «Biissisch du dim Oschterhas z'erscht de Chopf oder de Schwanz ab?», versuchte ich eine Konversation in Gang zu bringen. Aber Elfriede zuckte nur die Achseln und liess dabei die Unterlippe hängen. Das machte sie immer, wenn sie etwas gefragt wurde. Und mit so einer musste man nun stundenlang, fromm wie ein Lamm, Hand in Hand gehen; es war zum Verzweifeln.

«Was gibt es Schöneres, als mit liebenswerten Freunden durch die Natur zu streifen!», hörte ich hinter mir Herrn Weidenmeier froh bewegt ausrufen. Dann blieb er stehen und wies mit der Krücke seines Spazierstocks triumphierend auf einen blühenden Weissdornstrauch, als erblicke er in ihm den eindeutigen Beweis für seine kühne Behauptung. «Einfach herrlich!», liess sich Frau Weidenmeier aus dem Hintergrund vernehmen. Sie hatte sich soeben mit meiner Mutter über Nudelrezepte unterhalten. «Und wie die lieben Vögelein musizieren! Aber bitte, Egon, mach deine Hosen etwas kürzer! Du weisst doch, ich habe sie erst reinigen lassen.» Ihre Stimme klang ziemlich schrill, etwa so, als liesse man ein mit Porzellan beladenes Servierbrett zu Boden fallen und die «lieben Vögelein» flatterten erschrocken nach allen Richtungen auseinander. Während Herr Weidenmeier sich friedfertig in die Mechanik seiner Hosenträger vertiefte, stimmte der lyrische Bariton meines Vaters unbekümmert «Wer hat dich, du schöner Wald ...» an.

Ja, es war ein Ostersonntag-Zweifamilienspaziergang, wie er im Buche steht. Und der Wald, den wir durchwanderten, war zweifellos «ein schöner Wald so hoch da droben», nämlich, wie wir zuversichtlich glaubten, auf dem Rossberg. Indessen wollte dieser Wald kein Ende nehmen, und als nach dreistündigem Marsch noch immer keine Wirtschaft zum Vorschein kam, sank der Stimmungsbarometer, ungeachtet des milden Frühlingstages, ganz allgemein auf den Nullpunkt.

Frau Weidenmeier drückten die Schuhe zum Gotterbarmen, wie sie in durchdringenden Klagelauten versicherte. Meine Mutter litt an einer heftigen Migräne. Elfriede hatte Nasenbluten, was sich insbesondere an ihrem weissen Spitzenkragen bemerkbar machte, und ich … Nein, auch mit mir und meinem neuen Matrosenanzug stand es nicht zum Besten; aber konnte ich vielleicht etwas dafür, dass ausgerechnet dort, wo ich gestolpert war, sich eine Regenpfütze angesammelt hatte?

Was unsere Väter betraf, so beschuldigten sie sich gegenseitig, den richtigen Weg verfehlt zu haben, und ihr Wortgefecht wurde zusehends temperamentvoller, je mehr ihre Kehlen nach Feuchtigkeit und ihre Mägen nach einem währschaften Imbiss verlangten.

Nicht zu beschreiben das Aufatmen, als sich nach weiteren anderthalb Stunden der Wald zu lichten begann und das ersehnte Ziel sich in Form roh gezimmerter Tische und Bänke unseren müden Blicken präsentierte! Schon glaubte ich zu spüren, wie die versprochene Himbeerlimonade meine ausgetrocknete Kehle hinunterrann. «Ende gut, alles gut!», frohlockte mein Vater, und Herr Weidenmeiers Unmutsfalten glätteten sich zu einem versöhnlichen Schmunzeln. «Jetzt eine zünftige Portion rohen Schinken mit Bauernbrot und das nötige Nass dazu, das wird uns gut tun!», rief er aus und tätschelte mir gönnerhaft die Wangen.

Platz hatten wir genug. Genau genommen: Es war kein einziger Gast zugegen. Die grosse Stille hatte etwas geradezu Beklemmendes. «Am 1. Feiertag geschlossen», buchstabierte mein Vater, als hätte er eben erst lesen gelernt.

An dieser Stelle gähnt in meiner Erinnerung ein finsteres Loch. Das Einzige, worauf ich mich noch besinnen kann, ist der immerhin bemerkenswerte Umstand, dass ich mich, von Kummer überwältigt, auf die steinerne Umrandung eines Misthaufens niederliess, ohne dass jemand dagegen Einspruch erhoben hätte. Es ist anzunehmen, dass die Tränen der Enttäuschung, die ich dort reichlich schluckte, nicht im Entferntesten nach Himbeerlimonade schmeckten.

Der Rückzug in Richtung Neunkirch ging ziemlich geräuschlos vonstatten. Der Himmel hatte sich zugezogen. Kein Lüftchen regte sich. Als wir, teils wankend, teils humpelnd, die Hälfte des Weges glücklich hinter uns gebracht hatten, stellte Frau Weidenmeier mit einem erstickten Aufschrei fest, dass sie ihren seidenen Pompadour mit den Hausschlüsseln oben liegengelassen hatte. Noch ehe ihr Gatte zähneknirschend damit zurückkam, begann es zu regnen; erst sanft und bescheiden, dann heftig und anhaltend.

«Nach Schaffhause wolle Se?», forschte das Schildmützenmännchen am Neunkircher Reichsbahnhöfle und fingerte an seinem Schnurrbart. «Da habe Se aber Pech ghabt! Der nägschte fährt erscht in zwei Stunde.» Die durchnässten Kleider klebten uns wie Eiswickel am Leib; die Schuhe quietschten und die Zähne klapperten.

Bald aber liess mich das Staunen ob den federnden Plüschpolstern des Taxis, das Herr Weidenmeier herbeigezaubert hatte, alles Unbehagen vergessen. Es war die erste und somit schönste Autofahrt meines Lebens!

Sauce à la Pompadour

Mit 5 Jahren wollte ich Seiltänzerin werden und mit 6 die Frau eines Konditors. Mit 7 ½ begegnete mir zum ersten Mal eine Nonne; die beeindruckte mich so sehr, dass ich mir gelobte, mein Leben dereinst hinter Klostermauern zu verbringen. Danach war ich eine Zeitlang ausschliesslich mit Wachsen beschäftigt, und als ich aussah wie ein aufgeschossener Kopfsalat, schickte mich unser Hausarzt zu meinem Onkel Valentin ins «bel Engadin».

Dort oben wehte ein ziemlich scharfer Wind. Teils kam er von den Bergen, teils daher, dass mein Onkel Valentin es sich zur Aufgabe erkoren hatte, seine Nichte aus dem Unterland auf das praktische Leben vorzubereiten. – «Bedenke, du bist jetzt 13 Jahre alt. Mit 14 arbeitete ich schon als Liftboy in London!»

Wahrlich, mein Onkel Valentin hatte es zu etwas gebracht! Wenn ich ihn jetzt mit wippenden Frackschössen durch die Halle seines 150-Betten-Hotels fegen sah, blieb mir vor Respekt der Atem weg. Und nicht nur mir! Da war kein Kellner, kein Zimmermädchen, kein Hausbursche, dem bei seinem Anblick vor Ergebenheit nicht die Knie schlotterten. Einzig Zamboni, der Küchenchef, hielt – sofern er nicht gerade betrunken war – den Nacken steif; und was für einen Nacken! Der freilich konnte sich das erlauben, wusste doch jeder, dass er selbst noch im Delirium eine Sauce à la Pompadour zuwege brachte, die alle Kochkünste seiner nüchternsten Kollegen in den Schatten stellte. Und ausgerechnet dieser Sauce nun bediente sich das Schicksal, um mir meine vielversprechende Karriere gründlich zu verwässern.

Die Karriere begann damit, dass ich im Office Gläser blank zu reiben hatte. – «Und merke dir: Ein Glas ist erst dann sauber, wenn es aussieht, als sei es nicht mehr vorhanden!» Dieser Forderung meines gestrengen Onkels nachzukommen, erwies sich als erschreckend einfach ... Doch Peppina, meine Lehrmeisterin (mit rollendem «R»), war eine mitfühlende Seele und wusste zu schweigen.

Als ich genügend Gläser beseitigt hatte, wurde ich mit dem Auffüllen der Salz- und Pfefferstreuer betraut, was gar nicht so einfach war, da der Pfeffer mich dauernd zum Niesen reizte. Und das Niesen wiederum wirbelte ganze Windhosen von Pfeffer auf.

Peppina konnte nur immerzu den Kopf schütteln, wobei die blauschwarzen Locken wie Schlänglein um ihre Ohren tanzten. «Dio mio!» Schön wie eine büssende Magdalena war Peppina, wenn sie ihre feurigen Augen resignierend zur Office-Decke erhob. – «Peppina, sag, wer ist Anastasia? Der Portier hat gesagt, es sei ein Brief da von Anastasia …» – «Von Anastasia? Eine Brrrief? Dio mio!» – Was ich darauf von Peppina sah und hörte, waren nur noch ihre Zoccoli, und als sie endlich zurückkam, glühten ihre Wangen wie ein Leuchtfeuer. «Der Portiere und ik aben den Brrrief aufgemakt unde gelesen! Es gehen ihrr gut! Annastasia, du musst wissen, warr Saaltochterr bei deine Onkel, eine ganz junge Mädchen. Kaum sie warr ausgelerrnt, eine Mann, rreiche wie Stein, von die Schottland, at sie mit sik genommen und geeirratet. Adesso, sie wohnt auf eine Schloss und derr Gärtner ihrr brringt jeden Tag, Sommerr und Winterr, frrische Rrosen und jeden Morrgen sie kann anziehen eine neue Emd aus rreine Seide, ecco!» – Ich roch die Rosen –, ich fühlte die Seide –, ich schloss die Augen und sah –, sah das Schloss weiss und herrlich über einer wasserumspülten Landzunge thronen.

«Saaltochter willst du werden??» – Mein Onkel Valentin war gerührt, und das wollte etwas heissen. Ich bekam ein schwarzes Röckchen, eine Zierschürze aus weissem Voile und über den Arm eine Damastserviette. Neben dem grossen Speisesaal, im ehemaligen Billardzimmer, wo die Gouvernanten und Kindermädchen, die «Kittys» und «Johns», von ihren Herrschaften getrennt, sich einer zwanglosen Tafelrunde erfreuten, durfte ich meine ersten Gehversuche als Serviererin machen.

Als ich es durch eisernes Training so weit gebracht hatte, dass ich auf den Fingern das Hühner-Ragout, auf dem Handballen den Salat und auf der Pulsschlagader die zu wechselnden Teller vor mir her balancieren konnte, bettelte ich darum, doch einmal an der grossen «Table d'hôte» servieren zu dürfen.

Die Kronleuchter im Speisesaal glitzerten wie die Milchstrasse in einer Augustnacht, nur viel heller! In ihrem Glanz opalisierten die Dekolletés der Damen gleich Oasen zwischen dem strengen Schwarz der Smokings, deren steife Hemdbrüste mich in fataler Weise an Verbotstafeln erinnerten. Kosmetische Düfte gingen mit den gaumenkitzelnden Gerüchen der Speisen die perfidesten Verbindungen ein, und das dezente An- und Abschwellen vielstimmiger Unterhaltung vermengte sich mit dem Geklingel von Silber und Kristall in meinem Ohr zu einer Art Sphärenmusik, deren Rhythmen der Schlag meines schicksalträchtigen Herzens metrisch unterstrich. Einzig meine neuen schwarzen Halbschuhe brachten durch ihr hinterhältiges Schnalzen und Quietschen einen folkloristischen Unterton in diese mondäne Geräuschkulisse.

«Siehst du dort, links von der Dame im lila Schal, den einsamen Herrn mit dem Monokel? – Er bekommt anstelle des Hors d'oeuvres eine Bouillon. Sobald ich ihm den Château-Neuf eingeschenkt habe, kommst du mit der Terrine angetrabt, klar?» – Das war Donati, der Ober. Ich schwitzte vor Anstrengung, den souverän Entschwebenden nicht aus meinen kurzsichtigen Augen zu verlieren. Kurz darauf hörte ich den Pfropfen knallen und startete mit der bewussten Bouillon und einem, wie ich hoffte, anmutigen Lächeln zu meinem ersten Einsatz als Saaltochter. Unterwegs dachte ich an die schottischen Rosen und reinseidenen Hemden … Aber als ich dann, suppeschöpfend, Gelegenheit hatte, den Herrn mit dem Monokel aus nächster Nähe zu begutachten, verlor beides zusehends an Gewicht, denn er schien einem kubistischen Portrait Pablo Picassos zu gleichen. Heimlich lauerte ich, ob ihm nicht eventuell beim Bewegen der Kinnbacken das Einglas in die Bouillon fiele – aber nichts dergleichen geschah. Was geschah, war vielmehr etwas ganz anderes.

«Supplement für Nr. 17, Artischocken, Sauce Pompadour!», brüllte der Ober den Aufzug hinunter. «Sie gehören an den vierten Tisch, rechts beim Fenster. Und vergiss die Sauce nicht, Kleine!» Ich vergass sie nicht – leider! Nr. 17 war ein irischer Langschädel mit einer hageren Lady in taubengrauer Chiffonrobe. Ich weiss nicht, was mich anfocht. Vielleicht waren es ihre unwahrscheinlich langen, versilberten Vogelkrallen, die mir die Besinnung raubten? Während ich, mich niederneigend, der Chiffon-Dame die Artischocken darbot, neigte sich auch die Sauciere, die ich vorschriftsmässig hinter ihrem Rücken in Bereitschaft hielt – neigte sich und glitt, dem unumstösslichen Gesetz der Schwerkraft folgend, vom Tablett. Der Weg, den sie nahm, führte haarscharf am gepuderten Schulterknochen meiner Klientin vorbei aufs spiegelnde Parkett. Da hatten wir die Sauce! Hellgelb, von pikanten Kräutern durchschwommen, umschmeichelte sie das brokatene Schuhwerk der Lady, die, in eine Art Starrkrampf gebannt, auf Englisch stöhnte. Dass der pferdeköpfige Gentleman an ihrer Seite von seinem Sessel aufsprang und sich unter heftigem Gewedel seiner Serviette unentwegt um die eigene Achse drehte, brachte zwar Bewegung in die Sache, machte sie aber auch nicht besser. – «So wach doch endlich auf!», sagte ich zu mir selber. «Das alles ist ja nur ein böser Traum …» – Doch leider gelang es mir nicht, wacher zu werden als ich schon war.

In dieser verzweifelten Lage traf mich ein Blick voller Mitgefühl. Es waren die nachtschwarzen Abruzzen-Augen Peppinas, die, mit Eimer und Lappen bewehrt, sich dem Tatort näherte. An diesem Blick wie an einem Geländer mich festklammernd, schickte ich mich an, den Saal zu verlassen. Ach, es war ein grosser, ein unendlich langer Saal, und er hatte Augen um und um. – «Quietsch, quatsch! Quietsch, quatsch!», sangen bei jedem Schritt meine neuen schwarzen Halbschuhe. «Mach dir nichts draus, quietsch, quatsch …!»

Mein Onkel Valentin war anderer Meinung. Unter uns: Die Brokatschuhe der Lady kosteten ihn mehr als ein Paar Reitstiefel.

So endete die hoffnungsvollste meiner Karrieren, und wenn mich fortan jemand fragte, was ich denn einmal werden wolle, zuckte ich nur stumm und verstockt die Achseln.

Fahrradfahren

Das Gehen war von jeher meine liebste Fortbewegungsart und ich hatte für alles, was da (mit oder ohne Antrieb) auf Rädern in der Gegend herumsauste, nur ein bedauerndes Kopfschütteln übrig. Als jedoch meine Übersiedlung nach Karlsruhe bevorstand, musste ich mir sagen lassen: «Ein Fussgänger in der Rheinebene gleicht einer Fliege, die in den Sirup gefallen ist: Er kommt nicht vom Fleck».

Was tun? Schliesslich liess ich meinen fussgängerischen Stolz fallen und mietete übungsweise ein Stahlross. Dass letzteres mich gelegentlich fallen liess, lag in der Natur der Sache. Ich hatte für meine die Allgemeinheit gefährdenden Experimente das Eschheimertal gewählt, wo nur stallwärts trottende Kühe zuweilen Zeugen meines mangelhaften Gleichgewichtsinns wurden. Unnötig zu sagen, dass ich bei derartigen Begegnungen regelmässig im benachbarten Kartoffelacker oder Kornfeld landete.

Unvergesslich bleibt mir meine erste Velofahrt ins Büro: Mit ungeheurem Respekt vor mir selber und einem verräterischen Kitzeln in der Magengegend durchsegelte ich die eleganten Windungen der Steigstrasse und glaubte schon, mein Examen mit Auszeichnung bestanden zu haben – als, weiss der Kuckuck, irgendwas in mein «Mietross» gefahren war: Statt sittsam mit mir die Vordergasse hinunterzurollen, machte es am Fronwagplatz eine kapriziöse Wendung nach links, nahm einen Satz auf das gegenüberliegende Trottoir und kam erst wieder zur Vernunft, als das Schaufenster der Apotheke «Zum Einhorn» ihm einen gewissen Widerstand entgegensetzte.

Vor Staunen hatte ich sogar das Herunterfallen vergessen. Wie ein beschwipster Maikäfer hing ich über meiner Lenkstange und starrte, die Nase an die Scheibe gedrückt, leicht schockiert, auf die überdimensionale Attrappe eines Nervenstärkungspräparats: «Sind Sie reizbar? – Leiden Sie an Gedächtnisschwund? – Dann versuchen Sie es mit …», lautete der dazugehörige Reklametext. Ob das Mittel auch gegen Knieschlottern half, war nicht herauszubekommen, sonst hätte ich es auf der Stelle gekauft. Augenzeugen waren übrigens der einmütigen Auffassung, dass mein «Seitensprung» sowohl eine Demolierung des Schaufensters als auch meiner selbst hätte zur Folge haben müssen. Da wir aber unverständlicherweise beide intakt geblieben waren, kam ich mit ein paar eindringlichen Ermahnungen davon.

Hier in Karlsruhe scheinen die Leute tatsächlich schon per Fahrrad auf die Welt zu kommen. Sie tun gut daran, denn wo kämen sie sonst hin? Wer gelegentlich mit Mutter Natur unter vier Augen sein möchte, für den ist hierzulande das Fahrrad unentbehrlich. Ohne Fahrrad hätten wir beispielsweise unsere versteckte «Sommervilla», eine malerische Bunkerruine (Anmerkung für den Setzer: Bitte nicht Burgruine schreiben!), 14 Kilometer rheinabwärts, nie entdeckt. Der Zugang ist so verzwickt, dass uns keine Strandbadgäste dort jemals den Platz streitig machen. Von der moosgepolsterten «Dachterrasse» dieses gesprengten Ungetüms hat man einen weitschweifenden Blick auf den Rhein und kann das Auf- und Wegtauchen der Schlepper und Lastkähne mit ihren holländischen, französischen und schweizerischen Flaggen bis zum Horizont verfolgen. Bereits im März haben wir dort wieder unser erstes Sonnenbad genommen.

Leider hat man inzwischen mit der Einebnung der alten Rheinbunker begonnen, so dass wir uns demnächst nach einem andern «Weekendparadies» werden umsehen müssen. Die «Befriedung Europas» geht schliesslich vor. Seltsamerweise aber erwecken die fieberhaften Vorbereitungen, die jetzt in unserer Gegend getroffen werden, eher das Gefühl der

Besorgnis als der Sicherheit: Wo noch vor kurzem Föhrenwälder rauschten, wachsen nun Kasernen und Wohnungen für den Nachschub amerikanischer Soldaten in die Höhe; Saatfelder und friedliche Schafweiden verwandeln sich in Truppenübungsplätze, bemooste Waldwege werden von manövrierenden Panzern und Militärlastwagen aufgewühlt. Bald wird uns als Zugang zu unserem geliebten Altrheinparadies nur noch die Landstrasse bleiben.

Die Auen des Alten Rheins sind Überbleibsel aus jener Zeit, als sich der Fluss noch in mutwilligen Windungen durch die weite Ebene schlängeln konnte, gerade so, wie es ihm beliebte. Heute steuert er schön sittsam durch das Bett, das die Zivilisation ihm gezimmert hat, und nur diese verborgenen, von mannshohem Schilf und uralten Weiden getarnten Altwasser erzählen dem, der sie zu finden weiss, in diskretem Flüsterton vom Jugendübermut unseres ehrwürdigen «Vater Rheins».

Jetzt, im Frühling, so lange die Mücken-Plage noch nicht überhandnimmt, gibt es für mich nichts Schöneres, als in diesen weltabgeschiedenen Schlupfwinkeln auf Entdeckungen auszugehen. Man kann dort im mystischen Dämmer flaschengrüner Spiegelungen gelbe Wasserlilien, lila Orchideen und weisse Seerosen schimmern sehen; wer will, kann – hinter knisternden Binsen versteckt – Schnepfen, Fasane und Wasserhühner, Rohrdommeln und Fischreiher belauschen. Umgänglicher sind die Schillerfalter und Pfauenaugen, die dort zwischen blitzenden Libellen und Teufelsnadeln einhertorkeln: Lässt sich einer von ihnen flügelwippend in meiner Nähe nieder, so scheint er nichts dagegen zu haben, wenn ich ihm vom Honigduft der Schlüsselblumen im Orserental oder dem narkotischen Aroma des Seidelbasts auf den Höhen des Schleitheimer Randens vorschwärme.

Noch ist Schaffhausen eine Reise wert

Es war im D-Zug Frankfurt-Konstanz. Zu viert beseufzten wir die Schwüle des Abteils: Ein Herr aus Wiesbaden, klein und spitzbäuchig, mit leutselig zwinkernden Äuglein hinter zentimeterdicken Brillengläsern, ein sportlich-profilierter Langschädel, zugestiegen in Baden-Baden, dessen Lieblingsbeschäftigung im Verschlingen überdimensionaler Wurstbrote zu bestehen schien, eine «Bild» – Zeitungsleserin unbekannter Provenienz, deren Beine, von den Knien an aufwärts, an die Säulen des Poseidon-Tempels erinnerten, und meine Wenigkeit.

Man strebte, wie sich im Verlauf hoffnungslos versandender Kreuz- und Querdialoge herausstellte, einmütig zum Bodensee; mit Ausnahme natürlich von mir. – «Und wo fahre denn Sie na, wemmer frage darf?», erkundigte sich der Baden-Badener mit vollen Backen. Ich nannte den Namen meiner Heimatstadt mit so viel Sachlichkeit, wie es meine Vorfreude gerade noch zuliess. – «Schaffhausen? – Wo liecht denn dat?» – Es war, wie unschwer zu erraten ist, die Dame mit der «Bild»-Zeitung, die ihrer Unbildung auf solche Weise Ausdruck verlieh, woraufhin mein Interviewer, hastig seinen Happen verschluckend, für mich antwortete: «So ebbs! Habe se denn noch nie was vom Rheinfall g'hert?» – «So, so, Schaffhausen ...», meldete sich jetzt auch der Wiesbadener aus seiner Ecke. «Soll übrigens ein entzückendes altes Nest sein, ähnlich wie Dinkelsbühl oder Rothenburg ob der Tauber.»

Nun sah ich mich veranlasst, klärend einzugreifen: Schaffhausen, so erklärte ich scharf akzentuiert und mit Betonung auf dem «hau», sei überhaupt mit nichts zu vergleichen, schon gar nicht mit dem deutschen Rothenburg, aus dem man ja, wie allgemein bekannt sei, einen blossen Schaukasten für schnappschussbesessene Globetrotter gemacht habe. Schaffhausen, obschon in seinem Kern noch weitgehend unverdorben, sei nichtsdestotrotz eine pulsierende, eine aufgeweckte, eine quicklebendige Stadt und insofern geradezu ein Musterbeispiel dafür, dass Gegenwartsbezogenheit und Geschichtsbewusstsein sich keineswegs auszuschliessen brauchten.

Längst hatten wir die Rheinebene hinter uns gelassen. Der Zug besann sich auf ein gemütlicheres Tempo, und je bedächtiger er mit uns den Schwarzwaldhöhen entgegenrollte, um so feuriger gestaltete sich mein Plädoyer, dessen Kulminationspunkte von den Pfiffen der in zahllose Kehrtunnels einmündenden Lokomotive marktschreierisch unterstrichen wurden. Mochte der eine oder andere meiner Zuhörer, vom Zwielicht und rhythmischen Getöse beduselt, eingenickt sein: Was tat's, waren es doch in erster Linie meine eigenen, hochgeschraubten Bilder, die es zu erhärten und gegen allfällig aufsteigende Zweifel zu verteidigen galt.

«So, so, Schaffhausen ...», murmelte der Wiesbadener, aus flüchtigem Schlummer sich emporrappelnd. Mittlerweile hatten wir die Höhe von St. Georgen erklommen und grelles Sonnenlicht erfüllte das Abteil. – «Und wie lange ..., ich meine: Wann sind Sie zum letzten Mal dort gewesen?» – «An die vier Jahre können es schon her sein», räumte ich ein, worauf jener mir prompt, wenn auch schonend, zu bedenken gab, was in vier langen Jahren alles an Kulturwerten einer blinden Neuerungssucht und kurzsichtigen Verkehrsplanung zum Opfer fallen könne, vor allem dann, wenn die Profitgier einflussreicher Interessengruppen dahinterstecke. – Ich widersprach. Schliesslich bilde meine Heimatstadt in dieser Hinsicht eine löbliche Ausnahme. Schaffhausen könne sich einen solchen Unfug gar nicht leisten. Man möge bedenken: Eine Kleinstadt am äussersten Nordostzipfel der Schweiz. Was hätte sie, ihres ursprünglichen Reizes einmal beraubt, noch zu bieten? Sie wäre nichts als nur noch ein jämmerlicher Wurmfortsatz der Eidgenossenschaft, ein trauriges Industriekaff ohne historische und kulturelle Funktion!

«Ich bitte Sie! Wir Schaffhauser sind keine Trottel! Wir wissen genau, worum es geht! Und sollten gewisse Subjekte und Instanzen dies einmal vergessen, so … so gibt es … ich meine, dann gibt es immer noch den Hei …» (weiss Gott, warum ich plötzlich zu stottern anfing) «den Heimatschutz …»

Ob und in welchem Sinne sich mein Gesprächspartner zu meinen Schilderungen äusserte, ist mir entgangen. Mit Gewissheit kann ich jedoch sagen, dass ich jäh und endgültig verstummte. Was war geschehen?

Irgendwo in meinem «Hirnkasten» musste ein Deckel aufgesprungen sein. Ich erinnerte mich unversehens an einen Brief, den mir eine befreundete Schaffhauserin vor noch nicht allzu langer Zeit geschrieben hatte. War da nicht nebenbei auch von allerhand baulichen Umtrieben in Schaffhausens Altstadt die Rede gewesen? Unter anderem davon, dass Schaffhausens Bankinstitute auf Kosten des historischen Stadtbilds durchgreifende Modernisierungen und Erweiterungen ihrer Gebäulichkeiten geplant oder zum Teil bereits vorgenommen hatten?

Mein Gedächtnis, einmal in Schwung gekommen, funktionierte weit besser, als mir lieb war. Von einem Mammut-Bauvorhaben an der Goldsteinstrasse hatte mir die Freundin geschrieben, und dass sogar meinem geliebten Mosergarten das letzte Stündlein schlagen könnte. Ausserdem habe man begonnen, am Münsterplatz (der Himmel weiss warum) alle Bäume zu fällen. Kein Wunder, hatte ich diesen ganzen Ballast in die untersten Regale meines Bewusstseins verbannt, wohl darauf hoffend, er würde nie mehr zum Vorschein kommen.

Zu allem Überfluss fiel mir jetzt auch noch die Münstergasse ein. Ein benachbartes Geschäftsunternehmen, so hiess es in jenem Brief, habe dort einen ganzen Häuserkomplex zwecks Umbau aufgekauft. Vermutlich hatte ich mir damals, als ich jene Zeilen überflog, nicht allzu viel dabei gedacht. Nun aber sah ich, mit halb geschlossenen Lidern und hämmernden Schläfen in meine Abteilsecke gelehnt, die betreffenden Häuser vor mir. Häuser, die mir von Kindsbeinen an vertraut waren. Häuser mit Namen wie: «Zur blauen Lilie», «Zur Orgelpfeife», «Zum Walfisch …»

«Ist Ihnen nicht gut?» Der spitzbauchige Herr aus Wiesbaden, von meinem ungewohnten Schweigen beunruhigt, fixierte mich sorgenvoll über den Rand seiner Brille hinweg. Auch die Dame mit der «Bild»-Zeitung, wer hätte es ihr zugetraut, war plötzlich um mich besorgt und flugs mit einem Flacon «4711» zur Hand – hingegen nicht schnell genug, indem nämlich der Baden-Badener, an seinem dritten Wurstbrot kauend, mit seiner filzverbrämten Feldflasche dazwischenfuhr: «So ebbs muss mer von inne behandle! Da kenn i mi aus!»

Es war ein ziemlich scharfes Zeug, was mir da durch die Gurgel rann oder viel eher, da ich mich verschluckte, wieder zur Nase herauskam. Indes: es half. Die «Blaue Lilie» samt «Orgelpfeifen» und «Walfisch» entschwanden meinem Bewusstsein, und mit ihnen noch manches andere. Erst als sich unser Zug in Villingen ein wenig verschnaufte, kehrten meine Lebensgeister langsam in mich zurück.

Ein «Geschwader» schwarzweissgewandeter Schwestern stürmte das Abteil. Man riss das Fenster herunter, um letzte Grüsse zu tauschen: «... und schreib' bitte sofort, wenn du ...» – «... der Schlüssel zum Wandschrank liegt ...» – «... Vergiss nicht, die Aralie zu giessen!» Und vom Coupé nebenan hörte ich: «Ich werd' ihn schon kleinkriegen, verlass' dich drauf! Zwanzig Prozent Provision hat sich noch keiner entgehen lassen!» – «D-Zug nach Konstanz, bitte alle einsteigen und Türen schliessen!»

Der Zug setzte sich wieder in Bewegung. Man sass nunmehr eng gedrängt und transpirierte still vor sich hin. Die Zunge klebte mir pelzig am Gaumen. Ich lechzte nach einem milden Trunk; doch vergeblich: Der Aufenthalt in Singen erwies sich zwar als lang genug, um meinen Kaffee zu bezahlen, jedoch als zu kurz, um ihn trinken zu können. Hingegen erhaschte ich auf dem Singener Bahnsteig, mitten aus einem babylonischen Sprachgewirr mit Italienisch, Spanisch, Türkisch und Serbo-Kroatisch, die ersten Brocken Schweizerdeutsch: «Jo, chasch tänke! So öpis chunnt mer gar nid uf! Da mue de Kärli scho sälber id Hand neh!» – Mit solchen Klängen im Ohr fühlte ich mich schon so gut wie zu Hause.

Inwieweit ich mich später, am Ziel meiner Wünsche angelangt, wirklich «zu Hause» fühlte, möge dahingestellt sein. Gefühle sind, wie man weiss, meist zwiespältiger Natur und schwer zu rekonstruieren. Die Wahrheit ist, dass mir mein kurzes Wiedersehen mit meiner Heimatstadt zwar Augenblicke des Glücks, darüber hinaus aber, aus leider allzu offensichtlichen Gründen, Stunden ernster Sorge und Ratlosigkeit bescherte. Wie lange, so musste ich mich letzten Endes fragen, wird Schaffhausen noch eine Reise wert sein?

Bei Tagesanbruch

Es ist vier Uhr morgens. Der Himmel ist noch blass und durchscheinend wie hauchdünnes Porzellan. Auf den sommerlichen Wiesen liegt schwer der Tau. Schlaftrunkene Laute erwachender Vögel unterbrechen die Stille. Die Wälder ringsum sind noch mit nächtlichen Schatten verhängt. Wege, von Wagenspuren durchpflügt, steigen und fallen; führen irgendwohin in den werdenden Tag. Oben, auf den Hügeln des Eschheimertals, rührt sich der Wind, duftet nach Ferne und fährt in das wogende Meer kupferner Ähren; dahinter, am Horizont, der aufsteigende Sonnenball, voll verhaltener Glut zwischen türkisblauen Streifen und zerstäubendem Dunst.

Erster, flüchtiger Glanz auf dem wogenden Weizen; rotleuchtender Mohn. Man wünschte sich eine Kehle voll reiner Töne, um hier miteinzustimmen; man wünschte sich Flügel, um hinaufgetragen zu werden in den Ätherduft dieses reinen Morgens … Da, am

Rande des Roggenfeldes, vernehme ich plötzlich ein Knistern und Knacken. Majestätisch und lauernd zugleich löst es sich aus dem goldenen Geflecht: Eine Katze! Den Schwanz steil in die Luft gerichtet, kommt sie langsam näher. Aus nachtschwarzem Fell leuchten meergrüne Augen, die Pupille zum Schlitz verengt. Unschlüssig zwischen Vorsicht und Neugier reckt sie den Kopf – und weicht tänzelnd ein paar Schritte zurück. Uraltes Misstrauen und spielerische Lust, Wissen um Gefahr und Bereitschaft zum Angriff, und hinter alldem die verhaltene Frage: «Was willst du, Mensch?»

Sie spitzt die Lauscher und legt den Kopf schief, dann stemmt sie ihre Vorderbeine weit von sich, spreizt die Krallen und gähnt. Die Schnurrhaare zittern metallen. Vor dem fleischigen Rot des Rachens blitzen spitze Zähne. Noch ein prüfender Blick, abwägend und unbestechlich – dann nähert sie sich, die Augen, diese grünen, wissenden Augen hypnotisierend auf mich, den einsamen Menschen gerichtet. Ich halte den Atem an, wage nicht, mich zu rühren, aus Angst, ihr Zutrauen zu erschüttern. Jetzt schmeichelt ihr seidenes Fell in behutsamer Liebkosung um meine Beine und weckt ein Gefühl unbeschreiblicher Zärtlichkeit. Für Sekunden noch verschränken sich unsere Blicke – dann ein federnder Satz, und hinter dem flüchtenden Tier schliesst sich ein Vorhang goldener Halme.

Noch hat sich die rückhaltlose Umarmung von Erde und Sonne nicht vollzogen; noch ist‘s ein scheues Werben um Kleinigkeiten: Um ein aus grünem Grund aufleuchtendes Blatt, um das Aufflimmern des silbernen Flaumes am Stängel einer Distel. Aus dem blühenden Klee aber steigt eine Lerche, die erste an diesem Morgen, und schraubt sich jubilierend hinauf in das wolkenlose Blau.

Der Badegewaltige

Das Wohlergehen unseres städtischen Flussbads lag in seinen Händen. Es waren bemerkenswerte Hände, die, wo sie einmal zupackten, nicht selten blaue Flecken hinterliessen. Nie wieder bin ich einer Persönlichkeit begegnet, die von der Wichtigkeit ihrer Mission so unerschütterlich durchdrungen war wie weiland unser Bademeister.

Er war knorrig wie ein alter Weidenstrunk, stachelig wie ein Igel und hatte eine Stimme wie ein schlecht geöltes Bierfuhrwerk, wobei die Frage ungeklärt blieb, ob er heiser war, weil er so schrie, oder ob er schrie, weil er so heiser war. Erkältet haben konnte er sich jedenfalls nicht, denn er trug, so lange ich ihn kannte, einen dicken, grauwollenen Pullover, dessen Kragenwülste ihm bis über die Ohren reichten. Seine Beine, die auch bei strammster Haltung freien Durchblick gewährten, steckten in soliden, vielfarbig schillernden Hochwasserhosen, und sein Schuhwerk war so massiv mit Nägeln gespickt, dass ihn jeder Bergführer darum beneidet hätte.

Boshafte Menschen behaupteten, seine Neigung zum feuchten Element hätte sich eher auf den Wein als aufs Wasser bezogen. Tatsächlich konnte sich keiner erinnern, ihn jemals in Badehosen erblickt zu haben. Vielmehr machte es den Anschein, als hielte er die ganze Baderei für eine durch und durch dekadente Erscheinung und als sei er, der Bademeister, eigens dazu bestellt, diesem Unfug nach Möglichkeit entgegenzuwirken. Das ging schon aus dem verächtlichen, beinahe drohenden Blick hervor, mit dem er jeden Neuankömmling zu mustern pflegte, ehe er seinen gewaltigen Daumen befeuchtete, um ihm unter missfälligem Knurren das Eintrittsbillett zu überreichen.

Besonders streng war er uns Kindern gegenüber. Badelustige zwischen 6 und 14 Jahren genossen, laut städtischer Badeordnung, zu bestimmten Stunden freien Eintritt. Unser Bademeister legte jedoch Wert darauf, jedem Einzelnen zu verstehen zu geben, wie lästig ihm die Verantwortung sei, die wir ihm durch unsere Anwesenheit aufbürdeten. Das zeigte sich beispielsweise so, dass er unser vorschriftsmässiges Alter täglich von neuem in Frage stellte, wobei sich seine Stimme vor zornigem Eifer überschlug: «Wa wotsch denn du do? Du bisch doch no nid sechsi! Mach, dass d'hei chunscht, aber weidli ...!» Oder: «He! Was isch mit dem lange Bohnestecke dört? Du wotsch mer doch nid öppe ageh, dass d'nonig vierzehni sigisch? Mach en Zwanzger füre oder du chasch dihei i dr Wöschgelte schwadere, verstande?!»

Aber auch abgesehen von solch willkürlichen Verdächtigungen ging keines von uns leer aus; für jedes hatte er ein saftiges Wort, eine Beanstandung oder zumindest eine Warnung in Bereitschaft, sei es, dass wir ihm zu laut, zu wild, zu waghalsig oder zu wasserscheu waren. Und wehe dem, der es sich einfallen liess, im Becken für Schwimmer zu prusten oder zu schreien, weil er etwa Wasser geschluckt oder das Halteseil verfehlt hatte! Dann konnte man den ergrauten «Badegewaltigen», kochend vor Wut, in seinen Rettungskahn klettern sehen und was er dem hilflos Zappelnden zubrüllte, ehe er ihn mit seiner Stange an Bord zog, machte alle «Wiederbelebungsversuche» überflüssig.

Über der Eingangstür der Badeanstalt war eine Art Kuhglocke aufgehängt, und wenn unser Stündchen geschlagen hatte, zog der Bademeister so temperamentvoll und nachhaltig an ihrem Strick, als stehe das Jüngste Gericht bevor. Sämtliche Kinder hatten bei diesem Sturmläuten blitzartig das Wasser zu verlassen und innert 10 Minuten aus der Badeanstalt zu verschwinden. Nachzügler wurden vom Bademeister persönlich an die Luft gesetzt und konnten sich auf ein paar blaue Flecken an ihrem Oberarm, zumindest aber auf ein glühendes Ohrläppchen gefasst machen.

Selbst Erwachsene hatten nichts zu lachen; ja sogar anerkannten Respektspersonen, wie beispielsweise dem Stadtschreiber, dem Leichenbestatter oder der Frau Regierungsrätin, trat er mit imponierender Überlegenheit entgegen und nahm kein Blatt vor den Mund, wenn es darum ging, seine unerschütterlichen Grundsätze zu verteidigen.

Als es aber eines Nachts geschah, dass infolge eines unaufgeklärten Delikts sämtliche Kabinenvorhänge aus der geschlossenen Badeanstalt verschwanden, spitzte sich das Verhältnis des Bademeisters zu seinen Schutzbefohlenen in einer Art zu, als hätte er es bei ihnen ausschliesslich mit Gaunern und Spitzbuben zu tun. Ein Witzbold hatte damals das Gerücht verbreitet, der Bademeister sei vor Empörung über den besagten Schurkenstreich beinahe ins Wasser gesprungen.

Die Einzige, die, trotz chronischer Badesucht, die unverholene Achtung und Sympathie des Bademeisters genoss, war Fräulein Wepfer, eine etwa 70jährige, hagere Dame. Ungeachtet ihres hohen Alters sah man sie vom Frühsommer bis Herbst bei jedem Wetter in die Fluten steigen. Sie tat dies jeweils mit einer so salbungsvollen Würde, als handle es sich um die Ausübung eines mystischen Kults. Durchaus ungewöhnlich war auch ihr Badeanzug, eine Art Clown-Kostüm aus blau- und weissgestricheltem Schürzenstoff, mit volantbesetzten, knielangen Hosen und halblangen Ärmeln. Sobald sie jedoch ihre dürren Arme vertrauensvoll auf der Wasserfläche auszubreiten begann, füllte sich das Hinterteil ihrer Hose mit Luft und segelte ihrem bereiften Haupt hinterher, gleich einer mächtigen Schweinsblase – ein wirksamer Kontrapunkt zu ihrem gravitätischen Schwimmstil. Wer sich darüber lustig machen wollte, musste es sehr unauffällig tun, denn das Wohlwollen des Bademeisters für die alte Dame kannte kein Erbarmen, und man hätte mit Sicherheit riskiert, sich den Zutritt zur Badeanstalt ein für allemal zu verscherzen. Anderseits war es ausgerechnet Fräulein Wepfer, die einst uns Kinder, in einer Anwandlung mütterlichen Gefühls, vor dem Zorn des Bademeisters rettete.

Eines Tages hatten wir Kinder einen Plan ausgeheckt, um den gefürchteten Bademeister zu überlisten: Während er, in seine Mahlzeit vertieft, schmatzend und schlürfend hinter seinem Verschlag hockte, schlich sich die Keckste unter uns an ihm vorbei zur Uhr, die neben der «Kuhglocke» über dem Eingang angebracht war, und drehte, nach einigen gewagten Kletterkunststücken, den Zeiger um eine halbe Stunde zurück. Leider entdeckten wir zu spät, dass Fräulein Wepfer, die soeben mit triefendem Badeanzug dem

Wasser entstieg, unsere Aktion beobachtet hatte. Nun hockten wir, wie Spatzen vor dem Gewitter, verschüchtert in einem Winkel und warteten klopfenden Herzens auf unsere Überführung. Doch nichts dergleichen geschah. – Allerdings hatten wir nicht mit dem guten Gehör des Bademeisters gerechnet: Als nämlich die nahe Turmuhr fünf schlug, sahen wir seine krummen Beine im Sturmschritt in Richtung Glocke marschieren.

Der «Badegewaltige» äugte zur Uhr, räusperte sich, spähte prüfend in die Runde und – entdeckte uns, wie wir, mit auffällig unschuldiger Miene, unserem Schicksal entgegenschlotterten. Er musste im Dreieck um den Steg herummarschieren, um unser habhaft zu werden, und seine Nagelstiefel dröhnten auf den Brettern, als sollte die ganze Badeanstalt in Grund und Boden gestampft werden. Aber als er an Fräulein Wepfer vorbeikam, die gerade mit dem Einölen ihrer knochigen Waden beschäftigt war, glaubten wir nicht recht zu hören: «Äh, Herr Badmeischter? Ich ha vorig Ihri Uhr e chli zrugg tue. Mich hät's dunkt, sie giengi vor … Uf minere isch's erscht halbi gsi!» – Fräulein Wepfer hatte von Natur aus ein durchdringendes Organ. Doch diesmal klang es in unseren Ohren wie Schalmeien!

Von diesem Tag an wären wir für Fräulein Wepfer durchs Feuer – oder besser: durchs Wasser gegangen, und niemandem unter uns fiel es je wieder ein, die Art, in der sie ihre sportliche Liebhaberei betrieb, komisch zu finden.

Dann kam die Zeit, da unser Bademeister in unförmigen, karierten Filzpantoffeln statt in Nagelschuhen seinen verantwortungsvollen Pflichten nachgehen musste. Tatsächlich konnte er diese nicht mehr zuschnallen, da seine Füsse mehr und mehr aufquollen. Und schliesslich, an einem schönen Sommertag, empfing uns statt seiner ein freundlicher jüngerer Mann im Trainingsanzug. Er pfiff gutgelaunt vor sich hin und hatte nicht das Mindeste an uns auszusetzen – und dennoch begegneten wir ihm mit Misstrauen, ja beinahe mit Feindseligkeit. Jetzt erst bemerkten wir, wie sehr uns der «Badegewaltige», bei aller Furcht, die er uns eingeflösst hatte, ans Herz gewachsen war.

Als uns kurz darauf zu Ohren kam, der alte Bademeister sei an Wassersucht gestorben, hatten wir die Freude am Schwimmen für lange Zeit verloren …

Wilder Wein

Je älter man wird, um so wohltuender empfindet man das milde Licht und den unaufdringlichen Glanz sonniger Herbsttage. Die harten Gegensätze des Daseins scheinen sich miteinander aussöhnen zu wollen. Die Konturen der Dinge werden merkwürdig weich; ihre Neigung, sich gegeneinander abzugrenzen, scheint nachzulassen, so, als erinnerten sie sich ihres gemeinsamen Ursprungs.

Ich denke an unsere Wanderungen über den Reiat, den Randen, die Siblinger Höhe. Der Himmel war wie blauer Tüll, hinter dem ein zartes Geheimnis schlummert, und rings die Natur hatte etwas von der glückseligen Mattigkeit einer Wöchnerin.

Ich denke aber auch an unseren kleinen, von herbstlichen Ranken umflammten Balkon. – Möglich, dass es Leute gibt, die «Wilden Wein» für ein mehr oder weniger harmloses Unkraut halten. Sie werden mir schwerlich glauben, dass ich ihn gegen keinen noch so ertragreichen Weinberg hätte eintauschen mögen.

In unserer dichtumrankten Laube genossen wir die Sonntagnachmittage – zumindest so lange, bis unsere Mitbewohner und Nachbarn von ihren Wanderungen zurückkehrten. Unser Balkon war eine kleine Idylle. Mit vereinten Kräften wurde Vaters bequemer Korbstuhl hinausgetragen, der bei der leisesten Regung seines Besitzers mitfühlend ächzte. Auf dem wackeligen Beistelltisch dampfte die blaugeränderte Kaffeekanne, und anstelle der Jazz- und Ländlermusik, die normalerweise in kurzen und langen Wellen sintflutartig die Gegend überschwemmte, hörte man das sanfte Summen der Hummeln und Bienen, die sich an unserem Wilden Wein berauschten.

Ich werde diese von Herbstsonne vergoldeten, kostbaren Stunden des friedlichen «Bei-sich-zu-Hauseseins» nie vergessen. Aus dem Garten stieg der herbe Geruch der Astern, und auf den Telegrafendrähten hielten die Quartierschwalben ihre Generalversammlung ab, bevor es in Richtung Süden ging. Vater, in einen alten Jahrgang «Velhagen und Klasing» vertieft, warf gelegentlich einen zerstreut-wehmütigen Blick zu ihnen hinüber. «Sind die erst einmal fort, dann ist nicht mehr viel zu wollen», murmelte er, und der Ton seiner Stimme verriet, wie sehr der Gedanke an winterliche Härte ein altes Gemüt belasten kann.

«Vergiss nicht, morgen bei Seiterle die Briketts zu bestellen», sagte meine Mutter, ohne von ihrem Buch aufzusehen, und der nüchterne Satz erfuhr hierbei eine so weiche Modulation, dass er beinahe poetisch klang. Kein Wunder übrigens, denn Mutter las in Fontanes «Effi Briest». Sie liebte dieses Buch über alles und wurde nicht müde, es immer wieder zu lesen. Auf ihrem luftigen weissen Haar spielten Sonnenflecken und ihr Gesicht schien vom rosigen Widerschein des «Wilden Weins» fast verklärt. Unwillkürlich versuchte ich mir vorzustellen, wie sie wohl als Kind ausgesehen haben mochte und konnte nicht umhin, mich darüber zu wundern, dass es einmal eine Zeit gegeben haben sollte, in der meine Mutter und ich noch nichts voneinander wussten.

Es gibt Augenblicke, in denen das Selbstverständlichste erstaunlich und bewunderungswürdig erscheint, in denen das Alltägliche der unscheinbaren Puppe entschlüpft und als schillernder Falter seine goldbestäubten Flügel vor uns ausbreitet. Seltsamerweise pflegen diese Augenblicke immer dann einzutreten, wenn man sie am wenigsten erhofft, und sie scheinen, so flüchtig sie auch sein mögen, alles das um ein Vielfaches aufzuwiegen, was man, unter bescheidener Auslassung seiner eigenen Person, die «Unzulänglichkeiten des Daseins» nennt. Sie meiden den Lärm energiegeladener Betriebsamkeit ebenso wie jedes vorsätzliche Geniessenwollen. Sie warten still und geduldig in einem Winkel unserer Seele, bis ihre Zeit gekommen ist: die seltene Stunde, in der unsere Unrast ihrer selbst müde wird, in der unsere Gier nach dem Leben mit all ihren Ansprüchen und Forderungen hinter die Schwelle des Bewusstseins zurücktritt; in der wir den Blick von den nebelhaften Gebilden fernliegender Pläne ab, und den Menschen und Dingen unserer täglichen Umgebung mit jener versonnenen Aufmerksamkeit zuwenden, für die wir gemeinhin keine Zeit haben. Es ist, als sei man plötzlich auf eine ungeahnte Weise hellsichtig geworden; als nehme man Dinge wahr, die einen, bei aller Vertrautheit, ungeheuer neu und einmalig anmuten, ohne dass man genauer sagen könnte, was denn nun eigentlich an ihnen so bemerkenswert sei.

Es waren also keine weltbewegenden Gedanken, keine tiefschürfenden Gespräche, keine in die Zukunft schweifenden Wunschträume, die jene herbstlichen Mussestunden unter dem «Wilden Wein» zum Erlebnis machten. Es war, um es ganz bescheiden zu sagen, das «Sich-eins-Wissen» dreier Menschen, ihr dankbares Einverstandensein mit dem, was ein von glücklichen Zufällen begünstigter Sonntagnachmittag auf einem herbstlichen Balkon zu bieten vermag.

Noch sehe ich Mutters schmale, nervöse Hand, zur Hälfte beschattet, behutsam über die Seiten des geliebten Buches tasten, diese Hand, die so sanft zu streicheln und zu trösten verstand wie keine andere, und deren zartes Gelenk nach arbeitsreichen Tagen verräterisch anschwoll. Noch höre ich das Geräusch des Umblätterns, das beschwichtigende Summen der Insekten, das zeitweilige Flüstern des Windes im Laub und schliesslich die Stimme meines Vaters, die nachdenklich sagt: «Wie kurz die Tage schon werden …» Ich sehe, wie sich die Sonne dem Waldsaum nähert und spüre, wie ihre Kraft, die unseren «Wilden Wein» vor kurzem noch zum Glühen brachte, sich langsam erschöpft.

Mit einem Mal zog die Mutter ihren gehäkelten Schal enger um die Schultern. Von der Strasse her machte sich das Schlurfen wandermüder Schuhe bemerkbar. Lebhaftes Stimmengewirr verriet umfangreiche Verabschiedungszeremonien: Offenbar waren unsere Nachbarn heimgekehrt. «… und s'nöchscht mol gömmer doch wieder in ‹Ochse›!», liess sich eine kampfbereite weibliche Stimme vernehmen. «Dört isch de Schingge nid so versalze – und erscht no billiger!» – «Scho rächt, aber de Suuser isch prima gsi!», tönte eine Basstimme friedfertig zurück. Wie zur Bekräftigung fiel die Haustüre ins Schloss und verursachte hierbei ein diskretes Erdbeben. Kindergebrüll im Treppenhaus. Dem Aufknallen der Fensterläden folgte der gutturale Aufschrei eines entfesselten Lautsprechers.

«Und somit wäre dafür gesorgt, dass wir uns hier draussen nicht erkälten!», erklärte mein Vater mit überlegener Heiterkeit, versammelte seine eingerosteten Gliedmassen zum Aufbruch, und der Korbstuhl quittierte seine weise Äusserung mit einem beifälligen Knarren.

Wenn es jemand verstanden hat, die verdriesslichen Runzeln auf den veränderlichen Gesichtszügen des Daseins in anmutige Grübchen zu verwandeln, so war es mein Vater. Er hatte schon viel über das Leben nachgedacht und verblüffend einfach war seine Schlussfolgerung: «Das Leben ist kurz – warum sollte man es also nicht lieben?»

Liebe

Glaub gar, ein Wunder hat mich angeweht;
Am Rand des Herzens fängt es an zu blühn,
Wie Weissdornhecken zwischen zartem Grün,
Wenn über Nacht der Wind auf Süden dreht.

Bin wie ein Krug, in den der junge Wein
Aus unsichtbarem Spunde sich ergiesst,
Rubinen schäumt und quirlend überfliesst;
Ein schmucklos Krüglein nur und viel zu klein
Für so viel Seligkeit!

Nachwort

Erna Heller: Wie Lesen glücklich macht

Eher zufällig wurden im Herbst 2019 bei Recherchen im Archiv der Schaffhauser Nachrichten Kurzgeschichten von Erna Heller entdeckt. Die meisten davon sind in den 1950er erschienen – und gerieten dann leider in Vergessenheit.

Ganz ohne Zweifel hat uns Erna Heller eine literarische Hinterlassenschaft von aussergewöhnlicher Qualität hinterlassen. In Ihren Texten offenbart sich eine stupende Beobachtungsgabe sowie eine grosse sprachliche Musikalität.

In fast allen Texten Erna Hellers findet sich auch ein feiner Humor, der nicht selten auf einer Selbstreflektion basiert und mit einem Augenzwinkern erscheint.

Etliche Geschichten Erna Hellers sind eine Rückschau auf ihre Kindheit in Schaffhausen und in Samedan. Anschaulich und mit einer sprachlichen

Meisterschaft, die sowohl die Volks- als auch die Standardsprache nutzt, schildert sie alltägliche Erfahrungen, Naturbeobachtungen und mitunter auch Gedanken zum Zeitgeschehen. Eindrücklich sind vor allem auch ihre Erzählungen aus Karlsruhe, wo sie mit ihrem Mann die Nachkriegsjahre verbrachte.

Der Verein Schaffhauser Dichterpfad hat 24 Geschichten und drei Gedichte Erna Hellers, die den Bogen vom Herbst bis in den Sommer und von Schaffhausen via Samedan bis nach Karlsruhe spannen, in diesem Buch vereint. Alle, die bei der Entstehung dieses Erzählbands mitgearbeitet haben, waren beeindruckt, wie pointiert Erna Heller ihre Beobachtungen in Sprache fassen konnte und liessen sich von ihrem Humor ein ums andere Mal anstecken.

Ausserdem im Loco Verlag

Volker Mohr

Die Staubdämonen

Novelle

125 Seiten, gebunden · ISBN 978 3 9524174 6 1

Volker Mohr

Das Riesenrad

Novelle

119 Seiten, gebunden · ISBN 978 3 9524174 5 4

Max Picard

Die Welt des Schweigens

249 Seiten, gebunden · ISBN 978 3 9523055 5 3

Jenny Borer

Die Frau eines Rabbiners erinnert sich

120 Seiten, gebunden · ISBN 978 3 9523055 1 0

Weitere Titel unter www.loco-verlag.ch